Frontwoman

Mit dem Werkzeugkoffer auf Reisen

AF235355

Frontwoman – Mit dem Werkzeugkoffer auf Reisen

Jo Berendson

Bibliografische Information der Deutschen Nationalbibliothek: Die Deutsche Nationalbibliothek verzeichnet diese Publikation in der Deutschen Nationalbibliografie; detaillierte bibliografische Daten sind im Internet über www.dnb.de abrufbar.

Herstellung und Verlag: BoD – Books on Demand, Norderstedt

ISBN 9783755776123

Vorwort

Als Frontwoman bezeichnet man in der Unterhaltungs-branche die Frau auf der Bühne, die ganz vorne am Mikrofon steht und die Band und die Musik repräsentiert. Eine ähnliche Rolle haben reisende Servicetechniker oder Ingenieure, wenn sie irgendwo in der Welt ihr Unternehmen vertreten. Sie sind in diesem Moment das Unternehmen und gute oder schlechte Performance ihrerseits fällt auf das Unternehmen zurück.

Auch wenn über den Job des reisenden Service-Ingenieurs normalerweise wenig Worte verloren werden, so befinden sich in dieser geheimnisvollen Bruderschaft doch eine ganze Reihe von Heldinnen und Helden, die unter den widrigsten Umständen und in fremden Kulturen ihren Mann oder ihre Frau stehen. Ich habe einen derartigen Job selber jahrelang gemacht und es ist ein echtes Abenteuer.

Viele Details im technischen Bereich dieser Erzählung entspringen meinem persönlichen Erleben auf diversen Baustellen, die persönlichen Erlebnisse sind Fiktion, und grenzwertige politische Darstellungen haben nichts mit meiner persönlichen Einstellung zu tun. Ich arbeite gerne mit Leuten fremder Kulturen zusammen und habe während der Jahre mit dem Werkzeugkoffer den einen oder anderen Freund oder die eine oder andere Freundin in einem fernen Winkel unserer Erde gefunden. Ähnlichkeiten mit lebenden Personen sind nicht absichtlich, sondern der jeweiligen Szene der Handlung geschuldet, insbesondere der Charakter von Dr. Clara Dremler.

Jo Berendson

Gedämpft durch die Verglasung der Raucherkabine höre ich die Durchsage für den letzten Aufruf meines Fluges. Ich mache einen letzten Zug aus der Zigarette und zerdrücke sie dann im Aschenbecher, nehme meine Notebooktasche am Riemen, werfe mir diesen über die Schulter und verlasse die zum Schneiden dicke Luft der Lasterzelle, wie ich diese winzigen Abteile nenne, in denen man heutzutage auf den raucherfreien Flughäfen seine Sucht befriedigen kann. Ich hatte das Rauchen seit über dreißig Jahren hinter mir gelassen und hänge seit nunmehr elf Monaten wieder am Tabak. Eine Scheiß Geschichte war das. Naja, selber schuld. Es sind ungefähr zwei Minuten zu gehen zum Abfluggate, wenn man so lange Beine hat wie ich und so niedrige Absätze trägt. Ich glaube, ich bin schlichtweg zu eitel, um Schuhe mit betonten Hacken zu tragen und meine Springerstiefel liebe ich wirklich. Sie sind mittlerweile über zwanzig Jahre alt und der Flickschuster stöhnt jedes Mal, wenn er mich in seinem Laden sieht und die alten Nähte zusammengeflickt werden sollen, aber die Schuhe sind halt höllisch bequem, sie sitzen ordentlich und wenn man auf einem Flughafen einen schnellen Umstieg bewältigen muss, dann kann man mit ihnen auch mal rennen. Während ich meinen Schritt beschleunige, schnuppere ich kurz an meinem Pullover. Wha, der stinkt, und das vor dem langen Flug. Ich glaube, ich lasse das Rauchen wieder, es ist einfach die Sache nicht wert.

Die Uniformierte am Gate sieht mich und winkt mir hektisch zu: „Wir warten nur noch auf Sie." Lässig lächelnd ziehe ich mein Ticket aus der Gesäßtasche und halte es ihr hin. „Ihren Reisepass?" Ach ja, den Reisepass. Ich ziehe ihn ebenfalls aus der Gesäßtasche und reiche ihn ihr. Sie wirft einen flüchtigen Blick hinein, hält den QR-Code des Tickets auf den Leser und flötet: „Einen guten Flug wünschen wir." Wir? Na gut. Mit den Hüften schwungvoll dem Begrenzungspfosten ausweichend, eile ich zum Steig und hinab zum Flieger. Dort empfängt mich eine Stewardess, der ich mein Ticket hinhalte. „Ah ja, Business, hier entlang bitte. Ihr Sitz ist gleich da drüben." Weiß ich doch, ich kenne die Boeing 777 wie meine Handtasche. Gut, war ein schlechter Vergleich. Auf dem Weg zu meinem Sitz ziehe ich bereits den Gurt der Notebooktasche von der Schulter und meine Jacke aus, lege beides ins Gepäckfach und winke ab, als die nächste Stewardess mit einem Kleiderbügel angeeilt kommt. Brauche ich nicht, meine Jacke ist knitterfrei. Sozusagen. Einen kurzen Blick auf die Passagiere vor, hinter und neben mir werfend, lasse ich mich in den Sitz fallen, schnalle mich an und lehne mich zurück.

Ich bin Elektroingenieurin, arbeite für einen international tätigen Technologiekonzern in der Inbetriebnahme und im Service für „erklärungsbedürftiger Hardware", wie unsere Systeme bisweilen umschrieben werden. Ich werde an eine Baustelle beordert, wenn die Neuanlagen aufgebaut und verdrahtet sind und die Einschaltprozeduren durchgefahren werden müssen oder wenn während des späteren Betriebs im Prozess die Ergebnisse nicht zufriedenstellend sind. Für unser Unternehmen trete ich meistens alleine auf, was unter anderem bedeutet, dass ich die Marke nicht nur vertrete, sondern bin, ich bin also gewissermaßen die Frontfrau des Unternehmens.

Ich mache diesen Job schon fast mein gesamtes Berufsleben, wurde kurz nach meinem Studienabschluss von meinem Arbeitgeber angeheuert, und auch wenn die Abteilung, für die ich arbeite, im Laufe der fast drei Jahrzehnte ein paar Mal den Namen und die Position innerhalb der Konzernstruktur wechselte, so bin ich doch immer in der gleichen Branche unterwegs gewesen und ich glaube, es gibt nicht sehr viel, was ich nicht weiß über die verschiedenen Generationen unserer und Wettbewerber-systeme. Und, so pathetisch das klingen mag, ich liebe meinen Beruf. Ich liebe ihn in all seinen schwierigen Facetten und ich möchte in meinem Leben nichts anderes machen als mit Werkzeugkoffer und Programmiergerät zu den unwirtlichen Stellen eines Landes zu reisen, um dort anderen Menschen zu helfen, ihren Job zu erledigen.

„Verzeihung, Frau Doktor Dremler, sind Sie Mediziner?" Ich schrecke hoch aus meinen Gedanken und blicke in das lächelverzerrte Gesicht eines der Stewards, der mich eben angesprochen hat. „Nein, wieso?" – „Mediziner werden bei uns immer in der aktuellen Passagierliste hervorgehoben, nur für den Fall des Notfalles." – „Nein, ich bin kein Mediziner." – „Kann ich sonst etwas für Sie tun?" – „Haben Sie etwas zu trinken?" – „Ja, kommt gleich." Hat der Kerl mir etwa gerade auf die Brüste gestarrt? Oder habe ich wieder meinen BH vergessen? Verstohlen taste ich unter meine Achsel und spüre zu meiner Erleichterung die verstärkten Gewebe meines Sport-BH. Ich trage den BH nur, weil es mich nervt, wenn die Brustwarzen am Gewebe meiner Leibwäsche scheuern und nach einer Weile anfangen zu schmerzen. Ansonsten kann ich gut ohne dieses Teil leben. Das Problem ist natürlich, dass sich ohne

BH die Brustwarzen auch schon mal durch einen Pullover bemerkbar machen und nicht jedes Mal, wenn meine Warzen erigieren, bin ich wirklich sexuell erregt. Aber dieser Typ ist sowas von nicht mein Typ mit seinen schlecht gemachten Jacketkronen und der Hautcreme im Gesicht. Dass er klein gebaut ist und mir nur bis zur Schulter reicht, würde mich nicht stören, auch wenn der Satz wahr wäre, dass man an der Nase eines Mannes seinen Johannes erkenne und er sich durch eine Stupsnase auszeichnet. Ich bin Techniker, ich brauche keinen großen Hammer … Und seit dieser Geschichte damals bin ich mit großen Schwänzen ohnehin nicht mehr auf ganz so gutem Fuß. Ich verliere mich wieder in Gedanken, während Mister Jacketkrone zähnefletschend ein Tablett schwingt und mir ein paar Gläser, gefüllt mit Orangensaft und Sekt, vors Gesicht hält. Ich greife mir ein Glas mit Orangensaft und nicke ihm dankend zu. Jedes Mal, wenn ich vor dem Einsteigen in den Flieger noch schnell eine geraucht habe, muss ich anschließend etwas Fruchtsäure in den Mund bekommen, um den ekligen Teergeschmack zu übertönen. Ich sollte das Rauchen wirklich wieder sein lassen.

Diese Geschichte war übrigens auch der Auslöser, wieder mit dem Rauchen anzufangen. Dabei hatte alles so nett begonnen damals, vor etwa elf Monaten. Ich war zu einer Anlage in Indien beordert worden, mitten im Hinterland. Alleine die Autofahrt vom nächstgelegenen Flughafen dorthin hatte schon sechs Stunden gedauert, und die Inder fahren nicht langsam, insbesondere Mahmut, mein Fahrer und Übersetzer, der mich unbedingt umbringen zu wollen schien, und je unbeeindruckter ich auf der Rücksitzbank saß und aus dem Fenster sah, desto mehr strengte er sich an. Wie dem auch sei, irgendwann landeten wir vor einer großen Steinmauer mit dem obligatorischen Stacheldrahtverhau oben drauf und dem Stahltor genau vor unserer Kühlerhaube. Zwei in Camouflage gekleidete Inder öffneten das Tor, nachdem sie eine Weile mit Mahmut verhandelt hatten, und wir fuhren rein.

Gleich hinter dem Tor gab es ein Haus mit vergitterten Fenstern und ich musste aussteigen. Dann führte mich Mahmut in einen der Räume, in dem ein wackliger Schreibtisch und ein paar lebensgefährlich aussehende Stühle standen, und bat mich, Platz zu nehmen. Kurze Zeit später watschelte eine dicke Frau, die sich in eine zu knapp sitzende Uniform gezwängt hatte, in den Raum. Sie setzte sich auf einen der Stühle und schlug ein mitgebrachtes Dossier auf. Dann hielt sie mir die Hand entgegen und murmelte etwas vom Passport. Ich reichte ihr meinen Reisepass, den sie aufschlug und nachdenklich studierte. Nach einer Weile guckte sie wieder in ihr Dossier und blickte dann immer wieder zwischen meinem Reisepass und dem Dossier hin und her. Dann drehte sie sich zu Mahmut und sagte etwas, was dieser mit „Sie sind eine Frau? Wir haben einen Mann erwartet." weitergab. Ich zuckte die Schultern und sagte: „Ja, das tut mir nun Leid, aber ich bin tatsächlich eine Frau." Der Übersetzer wandte sich der uniformierten Nudel zu und sagte etwas, was diese mit einem mürrischen Nicken zur Kenntnis nahm. Nach einer Weile wurde ich aufgefordert, meine Fingerabdrücke abzugeben, ein Foto von mir machen sowie Größe und Gewicht aufnehmen zu lassen. Was war das hier? Der Knast? Weiterhin musste ich den Inhalt meiner Notebooktasche ausbreiten und jedes Teil benennen. Besonders irritiert zeigte sich die Nudel davon, dass ich keine Handtasche dabei hatte und kein Schminkzeug. Ob das in meinem Koffer sei. Ich schminke mich nicht. Okay, ganz selten mal, wenn ich wirklich auf Beutefang bin.

Naja, jedenfalls dauerte es noch etwa eine Stunde, bis die uniformierte Nudel alle Informationen hatte, die sie scheinbar brauchte, ehe ich hier arbeiten durfte. Im Gegensatz zu vielen anderen Einsatzstellen gab es hier nie und nirgends irgendwelche Sicherheitsunterweisungen. Das hat mich aber erst sehr viel später erstaunt. Nachdem wir fertig waren mit der Einlasskontrolle, erhielt Mahmut ein Papier mit einigen Stempeln drauf und einer langen Erklärung, die er an mich weitergab: „Ich bin während Ihres Aufenthaltes hier in diesem Werk für Sie verantwortlich. Sie wenden sich in allen Belangen direkt an mich und ich kümmere mich dann darum, dass das erledigt wird. Ihren Reisepass erhalten Sie zurück, wenn Sie hier fertig sind und wieder abreisen." Das behagte mir nicht, aber andere Länder, andere Sitten.

Wir verließen das Wachlokal, setzten uns wieder in den Wagen und ich wurde zu einem Gebäude transportiert, das sich als eine Art Herberge entpuppte. Wenn nicht alles so schäbig und staubig ausgesehen hätte, hätte man sich fast in „Palast der Winde" versetzt fühlen können. Die Inder haben schon eine eigene Art, ihre Gebäude zu errichten. Ich stieg aus, holte meinen Koffer und meinen Werkzeugkoffer aus dem Kofferraum des Wagens, hängte mir die Notebooktasche über die Schulter und wollte mein Gepäck aufnehmen. Mahmut winkte ab und bedeutete einem der herumlungernden Männer, das Gepäck für mich zu transportieren. Der eilte herbei, bückte sich nach dem Werkzeugkoffer, packte den Griff und versuchte, sich aufzurichten. Vergeblich. Mein Werkzeugkoffer wiegt fünfundzwanzig Kilogramm und ist regelmäßig Anlass für Diskussionen am Check-In. Ich winkte großzügig ab, deutete auf meinen Kleiderkoffer und bückte mich selbst nach dem Werkzeugkoffer, hob ihn betont spielerisch an und folgte mit gleichgültiger Miene Mahmut. Ich glaube, die Inder hier hatten erst mal was zu reden von der Lady mit den Bärenkräften.

Das Zimmer war wie der ganze Bau sehr schäbig und schlicht. Die Dusche funktionierte allerdings und Mahmut ließ mich für eine Stunde allein, um mich frischzumachen. Dann gab es Abendessen. Das fand in einem Speiseraum statt, in dem wacklige Tische und lebensgefährlich ausstehende Stühle regellos gruppiert herumstanden. Es gab eine Art Büffet, auf dem diverse Töpfe standen, in denen zerkochte Gemüsesorten und Reis zu finden waren. Ich suchte mir etwas zu Essen zusammen und setzte mich an einen der Tische, Mahmut gegenüber. Wir redeten nicht viel während des Abendessens. Das ist aber normal, wenn ich unterwegs bin. Viele Männer wissen nicht, worüber sie mit mir reden sollen, bis wir ein paar Tage auf den Anlagen verbracht haben und das Eis dann bricht. Nach dem Abendessen informierte er mich noch kurz über die Frühstückszeit und dass wir gleich nach dem Frühstück von einem Fahrer des Werkes abgeholt würden, um zum ersten Meeting gebracht zu werden. In meinem Zimmer angekommen, duschte ich noch einmal und legte mich dann unbekleidet aufs Bett. Ich hatte schon vorher mal am

Bett geschnuppert. Es roch nach frischer Wäsche und ich mag es gern, unbekleidet zu schlafen.

Nach dem Frühstück am nächsten Morgen kam wirklich unmittelbar danach ein Fahrer, der mich, nun in Arbeitskleidung und mit Werkzeugkoffer und Notebooktasche ausgestattet, sowie Mahmut ins Auto lud und kreuz und quer durch das Gelände fuhr, ehe er vor einem schmutzigen Gebäude anhielt. Man bedeutete mir, dass ich mein Werkzeug im Wagen lassen dürfe. Der Wagen würde nicht anderweitig benutzt und es bestünde keine Gefahr, dass mein Werkzeug abhanden komme. Ich habe gelernt, derartigen Versicherungen zu vertrauen. Im Gebäude ging es über Flure und Treppen in einen Besprechungsraum, der mit wackligen Tischen und lebensgefährlich aussehenden Stühlen ausgestattet war. Es waren bereits einige Leute anwesend, einige in schmutziger Arbeitskleidung, sogar zwei Anzüge waren zu sehen. Ich nahm mir einen Stuhl und setzte mich, stellte meine Tasche neben mir auf den Boden und lehnte mich zurück. Mahmut sagte ein paar Sätze, stellte mich wahrscheinlich vor. Dann warteten wir noch eine Weile. Schließlich kam noch ein Europäer in den Raum. Schmutzige Arbeitskleidung, Schutzhelm auf dem Kopf, Schweiß lief ihm herunter. Er grüßte kurz mit einer Handbewegung und setzte sich mir gegenüber an die Tischrunde. Er war fast so groß wie ich, in den Schultern allerdings sehr breit. Seinen Körperbau verbarg ansonsten der weit geschnittene Arbeitsanzug. Sein Haar trug er kurz geschoren, sein Gesicht war bartstoppelig. Er mochte um die Vierzig sein, soweit man das bei einem Mann schätzen kann, der gerade sehr geschafft aussieht. Seine Hände

13

waren sehr groß und breit und schwielig. Ein Arbeiter der Faust.

Nun stand einer der Anzüge auf und sagte ein paar Worte, die mir von Mahmut jeweils simultan weitergegeben wurden. Er begrüßte uns alle und erklärte, dass man mich aus Deutschland beordert hätte, weil die Anlage nicht ordnungsgemäß gearbeitet hätte und daher umgebaut worden war. An dieser Stelle gab er das Wort an einen der Inder in Arbeitskleidung. Es ging eine Weile hin und her und ich vermochte mir im Lauf der Zeit, ein ganz gutes Bild zu machen. Die Schaltanlage war offenbar für Wartungen außer Betrieb genommen worden. Während der Wartungen sollten ein paar Veränderungen durchgeführt werden. Das Equipment für den Umbau stammte von einer österreichischen Firma, dessen Vertreter der andere Europäer am Tisch war, der einen Teil der Inbetriebnahmen bereits durchgeführt hatte, aber nicht alles, weil er nicht die Berechtigungen und das Wissen dafür hatte. Das war nun mein Job.

Derartige Inbetriebnahmen ziehen sich teilweise über mehrere Wochen hin, wenn Probleme auftreten, vor allem, wenn verschiedene Unternehmen involviert sind, weil ab einem bestimmten Zeitpunkt mehr Zeit verschwendet wird, sich gegenseitig die Schuld für Mängel und Verzögerungen zuzuschieben, als zielorientiert zu versuchen, über Schnittstellen hinweg eine gemeinsame Lösung zu finden. Ich bin in diesen Dingen ziemlich gut, ich meine im Überwinden von Schnittstellen und Finden von Lösungen, und da hilft es bisweilen, wenn man ein Frau ist, weil ein Mann einer Frau auch in einer Welt der angeblichen Gleichberechtigung eher eine Konzession macht als einem anderen Mann. Sogar in der Technik läuft es immer wieder auf Rangkämpfe raus und auf das Balzverhalten zwischen den Geschlechtern. Außerdem sehe ich mich als Ingenieurin und ich mache vor nichts Halt, sei es die Mechanik, die Elektrik oder der Prozess. Ich will die Zusammenhänge verstehen und Lösungen auf Fragestellungen und Probleme umsetzen.

Wir diskutierten noch stundenlang über meine Vorgehensweise, welche Informationen ich zu welchem Zeitpunkt erhalten und liefern sollte und so weiter. Dass ich nicht direkt mit den Leuten reden durfte oder konnte und Mahmut jeden Satz, den ich sagte, mehrere Male hin und her drehen musste, ehe ihn alle verstanden hatten, half nicht unbedingt. Slawic, ein Kroate, der für das österreichische Unternehmen arbeitete und ganz gut Deutsch sprach, musste sprachlich in dieser Runde auch über die englische Schiene gehen. Er hatte einen eigenen Übersetzer und bisweilen stritten er und Mahmut sich, wie man eine bestimmte Floskel richtig umsetzte. Es war bereits früher Nachmittag, ehe wir die Diskussion beendeten. Als wir in den Wohnbereich der Werksanlage zurückkehrten, war die Mittagspause im Speiseraum längst beendet und für uns standen nur ein paar Teller mit kaltem zerkochtem Gemüse in einem Kühlschrank. Slawic, der im selben Wagen wie ich zum Wohnbereich gekarrt worden war, setzte sich zu mir an den Tisch und murrte über das Essen. Ich lasse mich auf derartige Diskussionen nicht ein. Wer jeden Tag ein Wiener Schnitzel und Kartoffelsalat essen möchte, der soll eben zuhause bleiben. Ich zeigte ihm aber auch nicht allzu sehr die kalte Schulter, zum

Einen, weil ich während der nächsten Tage mit ihm zusammenarbeiten würde und weil er etwas hatte, was meine weibliche Seite durchaus ansprechend fand. Wissen Sie, all diese Diskussionen, worauf eine Frau oder ein Mann abfährt, all dieses Getue mit der Schminke auf der einen Seite und dem Bodybuilding auf der anderen, das ist alles Quatsch. Man sieht sich, man riecht sich, man hört sich und der Blitz schlägt ein oder nicht. Dann kommt es nur noch drauf an, ob man reagiert oder ob man ignoriert. Und bei Slawic war ich bereit zu reagieren. Und wenn ich seine ersten Signale richtig interpretierte, dann war er ebenfalls bereit. Ob es daran lag, dass er schon fünf Wochen hier war und ihm das Samenwasser gewissermaßen zu den Ohren rausquoll oder ob ich wirklich sein Typ war, das wusste ich noch nicht. Aber wir hatten ja Zeit. Jedenfalls stellte ich mir kurz mal vor, wie es sich anfühlen mochte, wenn diese schwieligen Pranken meine nun auch nicht ganz kleinen Brüste in die Hand nahmen. Ein leichtes Ziehen in meinen Brustwarzen war die Antwort.

Wir waren mit dem Essen noch nicht ganz fertig, als der Fahrer schon zur Tür des Speiseraums reinkam und den Eindruck erweckte, er hätte es eilig. Das kann ich nun gar nicht haben. Aber ich war noch frisch hier und deshalb beschränkte ich mich darauf, meinen Teller ganz ordentlich leer zu essen und das Geschirr ordentlich in die entsprechende Stellage zu verbringen, ehe ich mir noch einmal mit einer Serviette den Mund abtupfte und Slawic aufmunternd zunickte. Mahmut hatte an einem anderen Tisch gegessen als wir; möglicherweise verboten ihm irgendwelche religiösen Regeln, mit uns gemeinsam zu essen; seine Distanz machte mich betroffen, weil ich möglicherweise am Vorabend unbewusst diese religiöse Grenze durchbrochen hatte, als ich mich einfach an seinen Tisch setzte. Fremde Kulturen sind wie ein Minenfeld, bei dem man nur verlieren kann. Mahmut war beim Eintreten des Fahrers sitzen geblieben und ließ sich noch weniger aus der Ruhe bringen als ich. Wir stiegen ins Auto und der Fahrer brachte uns zu dem Anlagenteil, an dem wir arbeiten sollten. Man muss sich so eine indische Industrieanlage vorstellen wie eine große Stadt. Das Areal ist riesig, es gibt Wohnbereiche mit Restaurants und Supermärkten neben den verschiedensten Prozess- und Produktionsbereichen und alles ist eingeschlossen von einer großen Mauer. Wir waren etwa eine Viertelstunde von unserem Wohnbereich aus gesehen unterwegs, ehe wir ankamen. Ich stieg aus, setzte meinen Schutzhelm auf, nahm meinen Werkzeugkoffer aus dem Auto und folgte Slawic über ziemlich unwegsames Gelände zu einem struppigen mehrstöckigen Betonbau, in dem er durch eine Stahltür verschwand. Hinter der Stahltür war ein Treppenhaus, von dem in jedem Stockwerk weitere Stahltüren abzweigten. Wir stiegen bis in den obersten Stock und ich muss sagen, dass ich ganz oben angekommen ganz schön außer Atem war. Das war in erster Linie der schwere Koffer, der hier seinen Tribut forderte. Macht nichts. Slawic hatte schon die Tür in die oberste Geschossebene aufgestoßen und hielt sie für mich auf. Er grinste mich vielsagend an, während ich den Saal betrat, der sich vor meinen Augen ausbreitete. Das gesamte Geschoss war hier ohne Zwischenwände geblieben. Es reihten sich elektrische Schaltschränke aneinander, die einzelnen Zeilen in einem Abstand von etwa zwei Metern. Die Luft war leicht staubig und ein sattes Brummen hing im Raum, die Klimaanlagen, die dafür sorgten, dass die hochsensible Elektronik, die hier allenthalben verbaut war, keinen Schaden nahm. Wir gingen zwischen diversen Reihen von Schaltschränken und Racks durch, bis wir zu einem offenen Bereich gelangten, in dem einige Schränke offenstanden. Kabelreste lagen davor und auch sonst sah man, dass hier noch Installationsarbeiten im Gange waren. Ich setzte meinen Koffer ab und blickte mich um: „Die sind ja noch nicht fertig." Slawic nickte: „Stimmt. Das liegt aber wahrscheinlich daran, dass sich bislang keiner so wirklich für die Truppe zuständig fühlte. Aber das kannst Du ja nun ändern." – „Ich bin eigentlich nicht dafür zuständig, die Installation zu betreuen. Aber was soll's. Nach der ersten Inspektion bin ich ohnehin verantwortlich, und wenn ich hier so in den Schrank schaue … Ohje, da hat mal einer wieder gar keine Ahnung. Gestern wohl noch Schafe gehütet und heute Kabel anschließen." Ich blickte mich nach Mahmut um, der ebenfalls hochgekommen war. Sein Job war es, immer für mich zu übersetzen, was implizierte, dass er in dem einen oder anderen Fall auch mal Bestandteil der Organisation wurde. „Mahmut, weißt Du, wo hier der Vorarbeiter ist? Wer der Vorarbeiter ist?" Mahmut wackelte mit dem Kopf, ein indisches Signal, das ich bis heute nicht genau verstanden habe, und verschwand. Während ich die einzelnen Schaltschränke oberflächlich inspizierte, um mir einen ersten Eindruck zu verschaffen, kam er mit einem Inder in schmutzigem Kittel wieder. „Das ist Sadhu. Er ist hier der Vorarbeiter." – „Frag ihn, wie weit sie sind. Ob er mir irgendwelche Pläne zeigen kann, was sie schon alles gemacht haben." Nach einigem

Hin und Her verschwand Sadhu und kam gleich darauf mit einem zerfledderten Packen Papier wieder. Er legte ihn auf einen in der Nähe stehenden Tisch und wir gingen die Pläne durch. Es sah besser aus als befürchtet, insbesondere schien zumindest Sadhu zu wissen, was er tat. Anschließend ging ich mit ihm zu dem Schaltschrank, der mir vorher aufgefallen war, und ich erklärte ihm anhand der Pläne, was alles geändert werden musste. Nachdem ich fertig war, setzte ein längerer Dialog zwischen Mahmut und Sadhu ein, den Mahmut mir anschließend so erklärte, dass Sadhu schon wisse, wie es gemacht werden solle, er aber vom Kunden Leute zugewiesen bekam, die überhaupt keine Ahnung hätten. Ich blickte Sadhu vielsagend an und hob die Schultern. Er wackelte mit dem Kopf und verschwand wieder. Dann wandte ich mich an Slawic, der im Wesentlichen schweigend dagestanden hatte, und sagte: „Können wir mal aufs Dach steigen und uns dort die Syseme ansehen?" Er lachte und meinte: „Klar können wir." Meinen Werkzeugkoffer ließ ich vorerst stehen. Ich hatte Mahmut gebeten, Sadhu zu sagen, dass er dafür sorgen solle, dass mein Werkzeug bewacht würde, und Sadhu hatte ihm zugesichert, dass der Koffer der Deutschen nicht angerührt wird. Normalerweise kann man sich auf derartige Zusicherungen verlassen.

Wir eilten die Treppen wieder hinab und gingen etwa hundert Meter quer über das Gelände zu einem anderen Gebäude, das auch noch nach kräftigen Bauaktionen aussah. Ich sagte im Vorbeigehen zu Slawic: „Ich dachte, hier findet nur ein Umbau statt." – „Das ist nur ein Umbau, aber es funktioniert nichts und sie finden dauernd neue

Probleme, wo sie noch Teile erneuern müssen bei ihrem Umbau. Das sind alles Chaoten hier." Mit diesen Aussagen konnte ich nicht viel anfangen und beließ es daher dabei. Oben auf dem Gebäude war eine typische Industrieanlage aufgebaut, ein Gewirr aus Rohren, Kabelpritschen und Prozessbehältern, teilweise eingebaut von Gerüsten und Plattformkonstruktionen. Slawic umrundete ein paar Löcher und Paletten voller Bauteile und bestieg schließlich eine Treppe, die die Gerüstkonstruktion hochführte. Ich folgte ihm, dabei meine Blicke über das Gewirr schweifend lassen. Ich kenne die Funktion der Anlagen und konnte mit all den Skulpturen und Formen etwas anfangen, aber ich konnte nicht erkennen, dass innerhalb der für mich anberaumten Wochen eine Inbetriebnahme stattfinden sollte. Da mussten schon die Heinzelmännchen aus Köln kommen und tatkräftig mit anpacken, wenn das klappen sollte. In Gedanken machte ich Notizen für meinen ersten Bericht, während ich Slawic folgte. Nebenbei registrierte ich, dass mich sein Hintern total anmachte, der sich da in der weit geschnittenen Arbeitshose bewegte, während er die Treppen vor mir hochstieg. Ich stellte mir vor, wie ich die Gesäßbacken in meinen Händen hielt, während er … Ich glaube, das sollte ich mal weiter verfolgen. Oben angekommen, deutete er auf die Baugruppen aus unserem Haus und sagte: „Hier stehen sie." – „Aha." Ich blickte mich um. „Kabel sind ja zumindest schon mal drin." Ich öffnete einen Anschlusskasten. „Das sieht aber verblüffend sauber aus im Verhältnis zu dem, was ich unten teilweise gesehen habe." Slawic lachte: „Das ist auch eine andere Truppe, kommt von uns. Wir stellen hier Eure Systeme auf und schließen sie an. So lautet der Kontrakt. Hier komm mit, dann zeige ich Dir die Hochspannungsseite." Wir kletterten eine weitere Leiter hoch und stiegen dann durch ein Mannluk in einen knapp mannshohen Raum hinab, in dem sich außer ein paar großen Keramikisolatoren und einigen daumendicken Rohren nichts befand. Der Hochspannungsanschlussraum. Ich zog mein Smartphone aus der Tasche und aktivierte die Taschenlampe, beleuchtete ein paar Stellen: „Alles saubere Arbeit soweit. Ich muss natürlich jede Klemme überprüfen, aber das sieht hier gut aus." − „Ja, man nennt mich Doktor Pipe, weil ich die Rohre alle persönlich verlegt habe. Das war mir zu heikel, die Arbeit von jemand anderem machen zu lassen." Ich klopfte ihm auf die Schulter. Körperkontakt. „Das hast Du gut gemacht." Er lachte stolz und tief aus der Kehle. Ich spürte, wie meine Brustwarzen sich unwillkürlich versteiften und ein leichtes Kribbeln in meiner Scham einsetzte. Heiliger Josef, das ging aber ab hier, das war ich nicht gewohnt von mir. Wer litt hier unter Entzug?

Beim Rausklettern aus dem Hochspannungsanschlussraum ließ ich ihm bewusst den Vortritt. Ich wollte seinen Hintern noch mal sehen, während er die Leiter hochstieg. Draußen nahm ich den Helm ab und schüttelte mein Haar aus, wickelte es dann wieder zu einem Knäuel und schob es unter den Helm. „Stören Dich Deine Haare nicht?" − „Meistens nicht, und wenn es zu schlimm wird, dann schneide ich sie halt wieder ab. Haare wachsen ja nach." Slawic lachte: „Ja, bei Frauen." Er strich sich über seinen Stoppelschnitt und ich verspürte Lust, auch mal drüber zu streichen.

Wir blickten uns an, dann zuckte ich mit den Schultern und sagte: „Lass uns nach unten gehen. Hier oben scheint kein

Problem zu sein. Mal sehen, wann wir einschalten können. Wie weit sind denn die Einbauten? Oder ist das nicht Dein Gewerk." – „Doch, doch, das ist auch mein Gewerk. Da sind wir weitgehend fertig. Ich habe alles soweit schon ausgerichtet und bräuchte eigentlich nun die Hochspannung, um die Engstellen ausfindig zu machen." – „Also wartet alles auf mich." – „Genau." Wir lachten beide und kletterten die Gerüstkonstruktion wieder hinab. Unten wurden wir von einem Inder erwartet, der neben Mahmut stand. Mahmut sagte: „Omar fragt, wie es aussieht." Ich zuckte mit den Schultern und sagte: „Also, auf dem Dach, das sieht schon mal gut aus, aber im Schaltraum ist noch einiges an Arbeit vonnöten. Vor allem müssen ein paar Installationsfehler behoben werden und das kostet Zeit, wenn die Leute die Kabel zu kurz geschnitten haben." – „Wie viel Zeit?" – „Das hängt davon ab. Ich denke, übermorgen können wir starten. Ich werde morgen den ganzen Tag im Schaltraum sein und den Leuten zur Hand gehen." – „Sie sind als Supervisor hier und haben keine Arbeitserlaubnis." – „Ist recht." Ich kenne diese Diskussionen, die aus einem Gemenge von Eifersucht, Kompetenzgerangel und Verantwortungsabgrenzungen entstehen. Meistens komme ich mit meiner Art ganz gut durch, man hat mir aber auch schon formal die Mitarbeit untersagt und einmal sogar mit Baustellenverbot gedroht. Daher verfolgte ich diesen Ansatz zumindest verbal erst mal nicht weiter.

Wir gingen wieder zu der Schaltraumebene hoch. Sadhu war mit einer Reihe von Indern in einfachen Khakianzügen und ganz billigen Plastikhelmen, denen ich meinen Kopf nicht anvertraut hätte, dabei, in allen Schaltschränken gleichzeitig zu arbeiten. Er selbst sprang hin und her und schimpfte unaufhörlich. Mahmut nahm mich beim Ellenbogen und sagte: „Gehen wir, dann funktioniert hier alles besser. Glauben Sie mir." Wahrscheinlich führte Sadhu sein Theater nur auf, um mir zu imponieren. Na gut. Ich zeigte auf meinen Werkzeugkoffer und blickte fragend auf Sadhu. Er sagte etwas zu Mahmut und dieser übersetzte: „Sadhu wird sich persönlich um Ihren Werkzeugkoffer kümmern. Gehen wir." Wir verließen den Schaltraum und eine Ebene tiefer sagte ich: „Ich würde hier noch gerne in den Kabelboden einsteigen. Ist das möglich?" Mahmut kehrte um und verschwand noch einmal nach oben. Der so genannte Kabelboden ist schlicht und einfach ein Raum, der unter den Schaltanlagen liegt und in dem alle Kabel geführt werden. Man stelle sich wie in dem vorliegenden Fall einen Schaltraum vor, in dem einige hunderte von Schaltschränken und Racks stehen. Zu jedem dieser Schränke und Racks führen dutzende von Kabeln, die teilweise armdick sind. Diese Kabel benötigen Platz und Raum, um sie biegen und führen zu können, und dafür gibt es den Kabelboden. Der Kabelboden hat meistens noch eine weitere wichtige Aufgabe. Hier findet man den Potentialausgleichsanschluss, und den wollte ich mir in erster Linie anschauen bei dieser alten Anlage, die gerade modernisiert wurde. Ich hatte oben im Schaltraum reihenweise Frequenzkonverter gesehen, und was der alte Dieselmotor für den Feinstaub in der Luft, das ist der Frequenzkonverter für die Elektrotechnik, wenn er nicht richtig aufgebaut wird: Eine reine Dreckschleuder. Darum wollte ich mir den Potentialausgleich ansehen, weil über diesen Potentialausgleich viele der Störungen abgeleitet werden können, wenn man es richtig macht.

Mahmut war mit Sadhu wieder aufgetaucht und dieser kramte mit seiner schmutzigen Hand in seiner tiefen Hosentasche, bis er einen Schlüssel zutage förderte, mit dem er die Tür zum Kabelboden aufschloss. Wir traten ein. Links von der Tür war eine Reihe von Lichtschaltern, auf die Sadhu glucksend drückte. Ein paar Leuchtstoffröhren erwachten summend zum Leben. Immerhin Licht. Man stelle sich nun einen Raum vor, in dem kreuz und quer in allen Höhen Blechrinnen gezogen sind, die voll sind mit Kabeln. Teilweise sind die Rinnen und Kabel tief verstaubt, teilweise sauber. Irgendwo hängen Kabelenden runter, mit Klebeband versehen, auf die Buchstaben und Zahlen notiert sind. Ich blickte mich suchend um und ging, kroch, kletterte dann langsam in die Richtung, in der ich „unsere" Schaltschränke und den Potentialausgleich vermutete. Sadhu war mir immer ein paar Meter voraus. Manchmal wies er warnend auf einen Stahlhalter, der von oben herab ein paar Kabelbühnen hielt, als ob ich ihn nicht sehen würde. Slawic kam hinter mir her und an einer Stelle, als ich mit weit vorgebeugtem Oberkörper zwischen zwei Bühnen durchkroch und dabei ein Bein nach dem anderen über die untere Bühne schwingen musste, landete seine Pranke auf meiner linken Hinterbacke. Zufall? Absicht? Mein Körper reagierte jedenfalls und durchaus nicht ablehnend. Meine Brustwarzen drückten gegen den BH und von unten kam ein warmes Ziehen hoch. Ich drehte mich um und zischte ihn an: „He, pass mal auf, wo Du Deine Pfoten hinpackst. Ich bin kein Treppengeländer." Slawic lachte nur sein kehliges Lachen und sagte: „Stimmt, Du fühlst Dich viel besser an." − „Vorsicht, ganz dünnes Eis!" Warum müssen wir Frauen nur immer so rumzicken, insbesondere da mich dieses kehlige Lachen fast dazu brachte, vor ihm auf die Knie zu gehen, so weich wurden meine Beine. Gut, dass ich gerade bäuchlings auf der Kabelrinne lag und mich jahrealter Staub in der Nase kitzelte. Ich blickte mich noch einmal um und entdeckte sie endlich, die breite Kupferschiene für den Potentialausgleich. Ich bewegte mich bis ganz hin und sah zu meiner Erleichterung, dass man vor Kurzem offenbar daran gearbeitet hatte und dass man sogar für die neuen Anschlüsse das grüne Kupferoxid von der Schiene entfernt hatte, ehe man die Anschlüsse dranschraubte. Slawic tauchte neben mir auf. Ich deutete auf die Kupferschiene und fragte: „Weißt Du, wer den Anschluss gemacht hat?" – „Ich bin mir nicht sicher, aber ich denke, Sadhus Truppe. Warum, stimmt was nicht?" – „Ganz im Gegenteil, das ist handwerklich sehr ordentlich ausgeführt. Ich bin beeindruckt. Lass uns zurückgehen und zum Hotel fahren." Wir krochen wieder zurück zur Tür. Ich ließ Slawic den Vortritt und ergötzte mich an seinem Hintern, der bisweilen aus der unförmigen Hose auftauchte, wenn er sich besonders bückte und sie über die Backen spannte. Lecker, eigentlich.

Wir verließen das Gebäude, stiegen ins Auto und ließen uns zum Wohnbereich fahren. Dort suchte ich mein Zimmer auf, um zu duschen. Ich hatte etwa anderthalb Stunden Zeit bis zum Abendessen und war ganz froh darum. Zeitreisen, das heißt, wenn man während eines Fluges mehrere Zeitzonen kreuzt, schlauchen mich immer ganz schön. Am liebsten sind mir hierbei die Reisen, bei denen ich von Anfang an körperlich eingespannt werde bei der Arbeit, weil ich dann abends so müde bin, dass ich schon in der ersten Nacht durchschlafe. Aber dieses stundenlange Rumhängen in irgendwelchen klimatisierten Meetingräumen, insbesondere in Kombination mit von Übersetzern zergliederten Diskussionen, strengt einerseits höllisch an, ohne andererseits für die notwendige körperliche Erschöpfung zu sorgen. Ich zog meine Arbeitskleidung aus, hängte sie an den Kleiderständer, dann meine Socken, mein T-Shirt und meinen Slip, die ich im Kleiderschrank deponierte. Dann ging ich ins Bad und machte die Dusche an, seifte mich am ganzen Körper ein und wusch mich anschließend ab. Das Wasser war leidlich warm und leidlich reichlich, so dass die Dusche fast ein Genuss wurde. Nach dem Duschen stellte ich mich vor den Spiegel, um meine Haare auszukämmen. Ich habe seit frühester Kindheit rote Locken, die bis zu einer Länge von zwanzig Zentimetern gnadenlos hochstehen und erst bei erheblicher Länge eine Tendenz haben, sich der Gravitation zu unterwerfen. Derzeit trug ich meine Haare lang genug, dass sie meine Brüste bedeckten, aber nur, wenn sie gerade frisch gewaschen und noch nass waren. Und das war der einzige Moment, sie mit einem Kamm zu entkletten. Während ich mich nun Strähne um Strähne durch meine Locken durchmühte, begutachtete ich mich kritisch. Meine Stirn ist hoch, meine Haut sehr hell. Sie würde unter der indischen Sonne binnen ein paar Tagen kräftige Sommersprossen ausbilden, was ich seit frühester Kindheit genau so hasste wie meine Haare. Mein Gesicht war gerade ziemlich voll und die Konturen wirkten dadurch sehr weich. Solcherart schienen die Augen sanfter und tiefer liegend. Meine Augen, die ich als einziges Element in meinem Gesicht schön finde, changierend zwischen Smaragd und Türkis, bisweilen leuchtend blau oder auch mal ins Braune tendierend, ganz nach Stimmung und

Gefühlslage. Einer meiner früheren Geliebten verließ mich nach einer Weile wieder, weil er nicht glauben konnte, dass ich keine gefärbten Kontaktlinsen trug, und immer dachte, ich belüge ihn. Ich brauche keine Kontaktlinsen oder anders gearteten Seehilfen. Mein Mund unter der großzügigen Nase ist relativ üppig und sehr beweglich. Leider ist mein Gebiss sehr unregelmäßig, drum vermeide ich es normalerweise, meine Lippen zu öffnen. Deshalb sind die Kerben neben meinen Mundwinkeln ziemlich ausgeprägt. Meine Brüste sind voll und sehr lebendig. Jede Kleinigkeit lässt die Warzen erigieren und da die Brustwarzen auch sehr üppig ausfallen, muss ich schon dicke Pullover tragen oder verstärkte Cups in meinen BHs, wenn ich vermeiden will, dass jeder immer meine Brustwarzen zu sehen bekommt. Ich war nicht mager, wenn auch ohne Schwimmreifen, und meine Taille war nicht sehr ausgeprägt bei gleichzeitig relativ schmalen Hüften, was bei den kräftigen Oberschenkeln und den langen Beinen immer etwas unproportioniert aussieht. Meine Schamhaare sind ebenfalls rot und ich schneide sie kurz. Wie im Gesicht habe ich am ganzen Körper sehr helle Haut, die sofort Sommersprossen bildet, wenn ich auch nur kurze Zeit in der Sonne bin. Ich definiere mich ganz sicher nicht über mein Aussehen.

Ich war mittlerweile mit der leidigen Kämmerei fertig und notierte im Geiste, wenn ich wieder zuhause bin, werde ich meine Haare wieder mal auf Streichholzlänge kürzen. Sie wurden jetzt langsam trocken und meine Mähne richtet sich wieder auf. Aus meinem Koffer nahm ich eine weiche rotbraune Velvetbluse und zog sie an, ohne mich mit einem BH abzugeben. Dazu trug ich einen hellbraunen

Wildlederwickelrock, der bis zu den Waden reichte, und an den Füßen offene Sandalen mit dünnen Ledersohlen. Den Rock hatte ich bei einem Einsatz in Amerika in einem Indianerladen gesehen und er passte überraschenderweise, weil ich eigentlich sehr viel größer bin als die Ureinwohner jenes Kontinents. Ich trage ihn total gerne, weil er nicht scheuert, auch wenn keine Unterwäsche zwischen ihm und meiner Haut liegt, und ich hatte nicht vor, mir heute Abend eine Unterhose anzuziehen. Mit Slawic musste ich mich ohnehin auseinandersetzen, dann konnten wir es auch gleich hinter uns bringen, Frauengezicke hin oder her.

Als ich zum Speiseraum kam, saßen etwa zehn Personen beim Abendessen, verteilt auf die paar Tische, die es dort gab. An Slawics Tisch saß ein anderer Mann, der neben Slawic wie eine halbe Portion wirkte, mit sorgfältig gescheiteltem schwarzen Haar, einer Hakennase und einem buschigen Schnurrbart. Die beiden unterhielten sich leise, so wie alle Gespräche in diesem Raum leise geführt wurden. Es gab keine Intimität und jedes Wort wurde von jedem verstanden, wenn man seine Lautstärke nicht extrem dämpfte. Ich war, nebenbei bemerkt, die einzige Frau, aber das ist für mich keine überraschende Erkenntnis, weil sich dieses Verhältnis schon früh in der Schule bei der Wahl der Fächer zeigte, noch ausgeprägter im Studium der Elektrotechnik wurde, wo mich nur über einige Semester eine Geschlechtsgenossin zu begleiten versuchte, und reisende Service-Ingenieure sind ohnehin eine Männerdomäne. Ich habe gelernt, damit umzugehen und auf den meisten Baustellen ist es mir bislang gelungen, spätestens nach zwei bis drei Tagen den normalen fachlichen Respekt aller am Projekt beteiligten zu haben. Fachkenntnisse überzeugen, da spielen geschlechtliche Attribute irgendwann keine Rolle mehr. Ich kann nebenbei ebenso gut einen schmutzigen Witz erzählen wie ein englischer Hafenarbeiter, wenngleich mir das Erzählen von Witzen meistens zu blöd ist.

Ich nahm mir ein Tablett und suchte an dem Büffet etwas zu Essen zusammen. Dann trug ich mein Tablett an Slawics Tisch und setzte mich seinem Gesprächspartner gegenüber. Slawic grinste mich verständnisinnig an und stellte mir dann seinen Kollegen vor: „Hallo Clara, das ist Ossi, der arbeitet auch bei uns. Ossi ist Grieche, ist aber schon seit dreißig Jahren in Österreich bei unserer Firma beschäftigt. Er kümmert sich in erster Linie um logistische Fragen, darum wirst Du ihn nicht so oft zu sehen bekommen. Ossi, das ist Clara, die Ingenieurin aus Deutschland, mit der wir in den nächsten Wochen gemeinsam die Inbetriebnahme machen werden. Du brauchst erst gar nicht zu versuchen, ihren Werkzeugkoffer hochzuheben, das schafft keiner außer ihr." Ossi verzog seinen Mund zu einem Lächeln, allerdings nur ganz leicht. Vielleicht war es ja kein echter Schnurrbart, der da unter der Nase hing, und er hatte Angst, dass er abfallen würde, wenn er seinen Mund zu sehr bewegte. Gut, dass ich meine Bluse ordentlich bis oben zugeknöpft hatte, ehe ich meinen Raum verließ. Sonst hätte womöglich noch sein sorgfältig onduliertes Weltbild gelitten.

Wir unterhielten uns eine ganze Weile über den Status des Projektes, wobei Slawic den größten Teil des Gesprächs bestritt und Ossi nur hin und wieder ein paar Worte einwarf. Während wir am Essen und am Reden waren, zwang ich mich, Slawic so wenig wie möglich anzusehen, um zu vermeiden, dass meine Brustwarzen mich jetzt schon verrieten. Es gab natürlich keine alkoholischen Getränke welcher Art auch immer, die Auswahl beschränkte sich auf zwei verschiedene Teesorten, einen grässlich schmeckenden Kaffee, Mineralwasser und diese fürchterlich übersüßten Softdrinks internationaler Getränkehersteller. Ich hielt mich am Tee fest, während Slawic mit den Zuckerbomben kein Problem zu haben schien und Ossi mit steinerner Miene Kaffee schlürfte. Die anderen Essensgäste waren bereits aufgebrochen und Ossi verabschiedete sich nun auch, wünschte uns „Gute Nacht" und verschwand.

Slawic strahlte mich an, als wir alleine in dem Raum saßen, abgesehen von den beiden Inderinnen, die das Büffet abräumten, die Tische säuberten und allgemein Ordnung machten: „Du bist ja richtig schön, wenn Du mal nicht Deinen Arbeitsanzug trägst." Besonders einfallsreich war er nicht, aber das ließ ich ihm erst mal durchgehen. Er rückte etwas näher und legte seine schwielige Pranke auf meine Hand. Meine Hände sind nicht gerade klein, ich habe kräftige lange Finger, aber unter seinem Toilettendeckel verschwand meine Hand völlig. Ich spürte die Schwielen in seiner Handfläche und stellte mir vor, wie diese Schwielen über meine nackte Brust strichen und an der weichen Haut meiner Titten kratzten. Unvermittelt zog ein heißes Gefühl durch meine Brüste, richtete sich schnurgerade Richtung Süden, wo auch gerade ein Waldbrand einsetzte. So heftig hatte ich schon lange nicht mehr auf einen Mann reagiert. Slawic hatte sich offenbar auch geduscht. Er roch schwach nach Duschgel und nach einem sehr herben männlichen Odor. Ich musste schlucken und meine Stimme war belegt, aber irgendwie musste ich auf diesen primitiven Rammstoß einer Anmache reagieren. „Vors … Mhm, Vorsicht, Slawic, dünnes Eis, nimm Deine Pfote von mir," versuchte ich mit einem Knurren hervorzubringen, es wurde beschämenderweise eher ein Hauchen. Slawic nahm zu meiner Überraschung und zu meinem Bedauern seine Hand tatsächlich weg, griff sich seine Flasche Zuckerzeug und nahm einen kräftigen Schluck. „Ich bin ehrlich erstaunt, dass Euer Unternehmen in diese Gegenden eine Frau entsendet," meinte er und es klang fast wie eine Entschuldigung. „Was soll das denn heißen? Meinst Du, wir können diese Arbeit nicht?" – „Nein nein, so meine ich das nicht. Es ist halt sehr ungewöhnlich." Der Gute hatte ja Recht, aber das musste ich ihm nicht sagen. Er sollte sich seine Lorbeeren heute Nacht verdienen und erst einmal ein bisschen Überzeugungsarbeit leisten. Wissen Sie, bisweilen frage ich mich, wie die Menschheit es schafft, derartige Probleme mit der Überbevölkerung zu haben. Die wenigsten Männer kriegen einen einigermaßen überzeugenden Small Talk hin, mit dem sie eine Frau ins Bett zu reden schaffen. Männer, Ihr müsst Euch für die Frau interessieren, wenn Ihr sie vögeln wollt, und das müsst Ihr zeigen, und das geht am einfachsten durch Reden; mit dem Schwanz wedeln kann jeder Köter. Und dass Slawic mich vögeln wollte, das war mir schon seit heute Nachmittag klar, als er das erste Mal seine Tatze auf meine Hinterbacke legte; ich war mir nämlich mittlerweile sicher, dass da auch ein paar Streichelmillimeter in dieser Berührung gelegen hatten. Da ich ihn mit meinen Fragen gewissermaßen rhetorisch auf die Bretter geschickt hatte, musste ich den Small Talk nun besorgen: „Slawic, das ist doch kein österreichischer Name. Wo kommst Du denn her?" − „Also, ich komme aus Kroatien, aber meine Mutter war Bosnierin und darum habe ich diesen Namen." − „Wie lange arbeitest Du schon in Österreich?" − „Arbeiten? Naja, offiziell arbeite ich dort seit etwa acht Jahren. Vorher war ich ein paar Jahre inoffiziell, Du verstehst schon." − „Wie inoffiziell? Hast Du geschmuggelt?" Das kehlige Lachen: „Nein nein, ich bin jeden Tag mit dem Auto über die Grenze gefahren und habe tagsüber in Österreich gearbeitet, schwarz natürlich. Ich hatte keinen Pass, den hatte ich verloren, und nahm meistens den Pass meines Bruders, der brauchte ihn nicht, weil er zuhause arbeitete. Aber ich habe in Österreich doppelt so viel Geld bekommen wie er." Nun konnte ich endlich meinen Augen einen bewundernden Ausdruck verleihen und ihn anhimmeln: „Wahnsinn, das ist doch höchst illegal." Slawic lachte wieder und winkte großzügig ab. „Das ist alles nicht so schlimm, das machen ganz viele Leute aus Kroatien und aus Slowenien und alle machen die Augen zu. Österreich braucht die Leute und bei uns gibt es genug." − „Und wie hast Du Dich dann legalisiert?" − „Irgendwann konnte ich einen neuen Pass beantragen und nachdem ich ihn hatte, konnte ich mich offiziell in Österreich bewerben, und seitdem bin ich bei der Firma." Ich fragte ihn noch eine Weile aus, nutzte seine Sätze, um mit ihm Körperkontakt herzustellen, seinen Arm zu nehmen und ihm zuzusehen, wie er aufblühte bei der Vorstellung, mich mit seinen Geschichten zu beeindrucken. Und mein Körper stand derweil in hellen Flammen. Meine Brustwarzen verlangten nach diesem Mund, wetteiferten mit meinen Lippen, die ihn endlich küssen wollten, und mein Unterleib sandte Hitzewelle um Hitzewelle in meinen Bauch. Wahrscheinlich tropfte ich schon in meinen schönen Wildlederrock, der aber zumindest dafür sorgen würde, dass ich keinen nassen Fleck auf dem Stuhl hinterließ. Dass meine harten Zitzen sich deutlich durch das Hemd abzeichneten, merkte ich unter anderem daran, dass es Slawic immer schwerer fiel, mir ins Gesicht zu sehen, während wir redeten, sondern seine Stielaugen sich immer dichter an mein Hemd schoben. Irgendwann beschloss ich, dass es Zeit war, den Ort zu wechseln. Die beiden Inderinnen hatten auch längst den Raum verlassen und wir waren allein. Ich stand auf, was mir nicht leicht fiel, weil sich meine Knie wie Watte anfühlten, aber ich schaffte es und ich schaffte sogar, den Stuhl unter den Tisch zu schieben. Slawic hatte sich ebenfalls erhoben und nun sah ich seine Figur das erste Mal in ihrer Üppigkeit. Er hatte zwar einen ziemlichen Bauchansatz, aber insgesamt noch schöne Hüften und einen kernigen Hintern über muskulösen Beinen; seine Brust war breit und im offenen Hemdausschnitt sah ich reichlich Fell. Er trug eine locker fallende Jeans, unter der sich sein Gemächt schon ordentlich entwickelt hatte. Es drängte mich, diese Jeans runterzureißen, aber ich beherrschte mich, stolperte ungeschickt über meine Sandalen und musste mich an seinem Arm festhalten, solcherart die Gelegenheit nutzend, meine Brüste an seinem Oberarm zu reiben. Er legte seinen Arm um meine Schulter, was nicht ganz einfach war, weil ich doch noch ein paar Zentimeter höher war als er. Da er aber seine Arbeitsstiefel trug und ich meine Sandalen, waren unsere Schultern zumindest fast auch gleicher Höhe. Er zog mich an sich und ich ließ es geschehen, hielt mich an seiner Taille fest. Wir steuerten auf den Ausgang des Speiseraums zu, wo er stehenblieb und mit rauer Stimme sagte: „Auch auf die Gefahr hin, gleich eine gescheuert zu bekommen, aber ich muss Dich nun küssen. Du bist eine dermaßen heiße Braut …" Ich reichte ihm meinen Mund, den er willig annahm. Dieser Kuss hieb mich fast von den Beinen und ich musste mich an ihm festhalten, dabei nicht zufällig über die Ausbeulung an seiner Hose streifend, und bei der Vorstellung, was da von dem schweren Baumwollstoff der Jeans noch verhüllt wurde, wurde mir schwarz vor den Augen. Ich japste nach Luft und zog ihn voran. Lief da etwa schon die Feuchtigkeit meine Schenkel hinab? Ich wusste gar nichts mehr, nur noch, dass ich diesen Mann nun haben musste. Irgendwie schafften wir es über den unebenen Gang und die schiefen Treppen hoch zu meinem Zimmer und irgendwie schaffte ich es mit meinen zittrigen Händen, den Schlüssel ins Schloss zu stecken und zu drehen. Endlich angekommen. Ich hatte noch so viel Verstand, das Zimmer abzuschließen, als wir schon anfingen, uns die Kleider vom Leib zu zerren. Da ich nicht viel trug, war der Aufwand nicht groß, zumal bei dem Wickelrock nur ein Knopf durch eine Öse zu fummeln war und bei meiner Bluse die Knopflöcher eine bequeme Größe hatten. Eigentlich ist es ein Herrenhemd, ich fand den Stoff nur so ansprechend, als ich es kaufte, dass mir der Geschlechtsbezug egal war. Manchmal habe ich auch ausgesprochen weibliche Attitüden.

Ich riss an Slawics Jeans und an seinem Hemd und saugte mich an seiner Haut fest, kaum dass ein Stückchen freigelegt war. Als er den Reißverschluss der Jeans öffnete, sprang mir ein so herrlicher Pfahl entgegen, dass ich erneut nach Luft japsen musste. Prall, groß, weiß mit leuchtend rotem Kopf stand er federnd im Raum, umgeben von einem dichten Gestrüpp schwarzen Schamhaars. Ich zog Slawics Hose runter, bis er die Initiative ergriff und mich hochhob und über seinen Penis stülpte.

Dann warf er mich auf den Tisch, hob meine Beine hoch und rammte mir seinen Pfahl in die weit offene, aufnahmebereite Möse, die so lange nach ihm gegiert hatte.

Nachdem er mir ein paar heftige Stöße in meine Scheide versetzt hatte, zog er seinen Schwanz ganz heraus und rammte ihn in meinen hinteren Kanal. Ich liebe ja eigentlich Analverkehr, aber Analverkehr hat etwas mit sehr viel Zeit, einem sehr langen Vorspiel und sehr langsamen Bewegungen zu tun, und jetzt war nichts davon gegeben. Ich schrie vor Schmerz auf, aber Slawic war mittlerweile jenseits aller Zugänglichkeit angekommen und wollte sich nur noch die Seele aus dem Leib vögeln. Da meine Beine nach oben ragten, während ich auf dem Tisch lag, sah ich die einzige Möglichkeit darin, ihn zu bremsen, indem ich ihm eine Ferse ins Auge rammte. Ich legte alle Kraft in diesen Schlag und er saß. Slawic brüllte auf und wich zurück, sich mit einer Hand das zerschlagene Auge haltend: „Bist Du wahnsinnig, Du Drecksau, mir das Auge auszuschlagen?" – „Niemand rammelt mich ohne Erlaubnis in meinen Arsch, und nun verschwinde, ehe ich noch viel üblere Dinge mit Dir anstelle!" Ich sprang vom Tisch, bückte mich, griff nach seiner Jeans und seinem Hemd und warf ihm beides an den Kopf, gefolgt von seinen Arbeitsstiefeln. Dann schloss ich die Tür auf und brüllte: „Raus mit Dir! Sofort!" Er gehorchte.

Als er weg war und ich die Tür wieder verschlossen hatte, brach ich zusammen. Mein Unterleib schmerzte höllisch. Ich tupfte mich mit einem Handtuch ab und sah Blutspuren im Handtuch. Wie groß war der Schaden, den er angerichtet hatte? Ich fing an zu weinen und legte mich aufs Bett, rollte mich in Embryonalhaltung zusammen und heulte mich in den Schlaf.

Am nächsten Morgen stand ich auf, duschte lange und zog mich langsam an. Mein Unterleib schmerzte immer noch, aber es war kein stechender Schmerz mehr, sondern ein dumpf pochender. Der Toilettengang war problemlos möglich gewesen und ich hatte keine Blutspuren mehr entdeckt. Ich war die Erste im Speiseraum zum Frühstück. Slawic kam später rein. Sein linkes Auge war blut-unterlaufen und fast komplett zugeschwollen, umgeben von einer dicken roten Schwellung, die gerade anfing, bunt zu schillern. Sollte das Auge in der Hölle verrotten, mir war es Recht. Er nahm sich etwas Kaffee und setzte sich an einen Tisch so weit wie möglich von meinem entfernt. Anschließend wurden wir zur Anlage gefahren. Slawic drückte sich im Auto in den letzten Winkel, um so viel wie möglich Distanz zu mir zu halten. Die Leute hatten am gestrigen Tag und in der Nacht durchgearbeitet und alle noch offenen Punkte und die von mir angemerkten Mängel beseitigt, das heißt, wir waren einschaltbereit. Ich äußerte mich anerkennend Sadhu gegenüber und er strahlte über sein ganzes knittriges indisches Gesicht über das Lob.

Ich habe die Einschaltroutinen alle im Kopf, ebenso die Test- und Messergebnisse, die sich aus den einzelnen Schritten ergeben, und spulte einen Schritt nach dem anderen ab, schaltete, prüfte, maß, und weiter gings. Slawic stand die ganze Zeit schweigend neben mir. Ebenso wie Sadhu mit seiner Truppe wartete er darauf, von mir Anweisungen zu bekommen, irgendwelche Mängel zu beseitigen. Als wir die sechste Hochspannungsanlage auf Leistung setzten, zeigten sich auf den Monitoren unruhige Werte. Ich schaltete die Anlage wieder ab und wandte mich an Slawic: „Ich glaube, beim sechsten System gibt es irgendwo eine intermittierende Brücke. Das sollten wir mal untersuchen." Er nickte und wir beide eilten die Treppen des Gebäudes hinab und auf der anderen Seite des Geländes den Gerüstturm hoch bis ganz nach oben, wo wir durch das Mannluk einstiegen. Im Schein unserer Taschenlampen bewegten wir uns bis zu den Verbindungen des sechsten Systems. Ich leuchtete alles ab und konnte nichts feststellen. Slawic suchte ebenfalls. Ich suchte noch einmal von Anfang an die ganze Strecke ab und fand auf einem der Isolatoren hauchdünne schwarze Spuren. Ich nahm mein Taschentuch und rieb an den Spuren herum. Sie ließen sich größtenteils entfernen. Als ich alles abgerubbelt hatte, was sich abrubbeln ließ, sagte ich zu ihm: „Ich schalte noch mal ein, mal sehen, ob es zumindest provisorisch reicht, was ich hier abbekam. Der Isolator muss natürlich gewechselt werden." Slawic nickte und als ich zum Mannluk zurückging, blieb er an der Stelle stehen, an der ich ihn zurückgelassen hatte. „Willst Du nicht rauskommen hier?" – „Ich bleibe hier, ich schau, ob ich noch etwas erkennen kann." – „Das ist lebensgefährlich hier drin, wenn ich Spannung zuschalte." – „Mach Dir um mich keine Sorgen, ich pass schon auf." Was sollte ich weiter diskutieren? Ich verließ den Hochspannungs-anschlussraum durch das Mannluk, eilte zum Schaltraum zurück und schaltete die Spannung für System Nummer sechs wieder zu. Die Spannung ließ sich bis auf etwa achtzigtausend Volt aufdrehen, dann wurden die angezeigten Messwerte wieder unruhig. Ich schaltete die Spannung ab und ging wieder zum Hochspannungs-anschlussraum. Als ich auf das Dach stieg, sah ich aus dem Mannluk Rauch aufsteigen. Ein unangenehmer Geruch lag in der Luft. Ich eilte zum Mannluk und beugte mich hinein: „Slawic, hast Du was gesehen?" Keine Antwort, wobei mich der Gestank, der aus dem Mannluk kam, an zu lange gegrilltes Fleisch erinnerte. „Slawic?" Keine Antwort. „Verdammte Scheiße!" Ich kletterte hektisch hinein und richtete den Schein der Taschenlampe in die Richtung, in der ich vorhin gearbeitet hatte. Slawic existierte nicht mehr. Rauchende Trümmer, die mal ein Mensch gewesen sein mochten, hingen an den Hochspannungsleitungen, qualmende Kleiderfetzen lagen verstreut.

Wisst Ihr, der elektrische Stuhl in Amerika, mit dem Menschen vom Leben zum Tod befördert werden, verwendet eine Spannung von weniger als dreitausend Volt. Unter diesen Umständen fangen die Menschen bereits an zu qualmen, während sie durch den elektrischen Strom erhitzt und getötet werden. Slawic hatte über achtzigtausend Volt erlebt, das läuft auf fast die dreißigfache Spannung oder die neunhundertfache Leistung raus, die seinen Körper sozusagen blitzartig zerlegte. Später stellte ich beim Studium von Unterlagen fest, dass der Isolator, an dem ich die Spuren beseitigt hatte, zum siebten System gehört hatte, das heißt, die Spuren, die ich beseitigt hatte, hatten mit der Störung nichts zu tun, und Slawic wird wohl, um das vermeintlich sechste System zu beobachten, sich an einen Isolator des tatsächlichen sechsten Systems gelehnt haben in der Annahme, er hätte genügend Abstand zur gefährlichen Spannung. Die Inder schenkten dem Vorfall übrigens wenig Beachtung. Sadhus Truppe wurde beauftragt, den Hochspannungsanschlussraum sorgfältig zu reinigen und ich konnte zwei Tage später mit der Inbetriebnahme fortfahren. Ob Slawics Seele dort in Indien nun in einem besseren oder schlechteren Leben angekommen ist, vermag ich nicht zu beurteilen.

„Frau Doktor, Frau Doktor, was ist mit Ihnen los?" Eine Hand schüttelt meinen Arm und ich schrecke hoch. Ich schreie immer noch, wenn mich im Schlaf die Erinnerungen an jenen Unfall überkommen, auch wenn ich damals ganz ruhig geblieben war. Es war wohl ein sehr tief gehender emotionaler Schock gewesen, die ganze Sache mit Slawic, beginnend mit der extremen erotischen Spannung zwischen uns, dann der Bruch, verursacht durch seine Vergewaltigung, aufgelöst durch meinen Schlag gegen sein Auge und die Kulmination durch die elektrische Pulverisierung seines Seins, ausgelöst durch mein Zuschalten der Hochspannung. Wie gesagt, die Inder nahmen den Unfall ganz gelassen und ich führte die Inbetriebnahme weiter durch. Ich war fast drei Monate damals auf der Baustelle, bis alle Probleme in den elektrischen Systemen und der Prozessanlage beseitigt waren, und hätte ich nach meiner Rückkehr nach Deutschland bei meinem Vorgesetzten nicht selbst einen mündlichen Bericht zu dem Unfall abgegeben, ich glaube, er hätte noch nicht einmal etwas davon erfahren. Ich schüttle mich und schlage die Augen auf.

Eine Stewardess hat mich geweckt und als ich sie nun ansehe, entschuldigt sie sich. Ich sage: „Ist schon gut, es ist normalerweise nicht meine Art, so rumzuschreien, aber bei dem Gedanken an Ihren Kollegen mit den schlecht sitzenden Jacketkronen …" Nein, das war ein Scherz. So etwas würde ich nie von mir geben. Ich sage: „Schon gut. Haben Sie etwas zu trinken? Etwas Wasser? Etwas O-Saft?" – „Ja klar." Dienstbeflissen eilt die Frau in die kleine Küche, um mir dort das gewünschte zuzubereiten. Sie kommt nach kurzer Zeit wieder mit einem Tablett und zwei Gläsern drauf und stellt das Tablett auf meine Stuhllehne, um den Klapptisch vorzubereiten. Dann stellt sie die beiden Gläser hin. Anschließend wirkt sie etwas unsicher und ich blicke sie fragend an. „Entschuldigen Sie bitte, aber wenn Sie keine Medizinerin sind, wie Sie vorhin sagten, was sind Sie dann? Wenn die Frage nicht zu indiskret ist." – „Nein nein, gar nicht. Ich bin promovierte Elektroingenieurin." – „Was? Das ist ja das hammerhärteste Studium, und Sie haben auch noch promoviert!" Ich zucke lässig mit den Schultern und erwidere: „Wie kommen Sie denn darauf, dass Elektrotechnik hammerhart ist?" – „Ich habe erst ein paar Semester Betriebswirtschaft studiert und dann noch ein paar Semester Psychologie, ehe ich mich dafür entschied, Stewardess zu werden, und die Typen aus der Elektrotechnik, die waren schon immer etwas abgefahren dort an der Uni. Bei jedem anderen Fach konnte man aus den Gesprächen noch leidlich verstehen, wovon die reden, aber die Elektrotechniker – No Chance." Wir unterhalten uns eine ganze Weile. Die Frau ist etwa in meinem Alter und wenn sich irgendjemand diesen Job der Kellnerin der Lüfte als etwas mondänes vorstellt, dann hat der oder die sich mächtig geirrt. Irgendwann wendet sie sich wieder ihren Pflichten zu und ich hole meinen Reader aus meiner Notebooktasche, um zu lesen.

Die Mahlzeit wird serviert, es wird wieder abgedeckt und begleitet vom Brausen der Klimaanlagen düsen wir gen Westen, Südamerika entgegen, meiner nächsten Baustelle. Irgendwann spüre ich einen heftigen Harndrang, schließe den Gurt auf und erhebe mich, um zur Toilette zu gehen. Ich komme in den Küchentrakt und blicke mich suchend um. Astrid, die Stewardess – sie hatte mir vorhin ihren Namen genannt, bemerkt meinen Blick und deutet auf eine etwas versteckt liegende Tür. Ich nicke dankend und trete ein, verriegle die Tür und erledige mein Bedürfnis. Anschließend schließe ich wieder auf und trete aus der Nasszelle in den Küchenbereich, die Tür hinter mir zufallen lassend. Astrid steht immer noch da und blickt mich an. Himmelt die mich jetzt etwa an? Oder was liegt da in ihren Augen? Sie fragt mich: „Wol – Hmhm – Wollen Sie noch etwas zu trinken? Oder zu knabbern? Wir haben hier eine ganz nette Auswahl an Nusskernen. Schauen Sie." Mit diesen Worten deutet sie auf eine Reihe kleiner Schälchen. Irre ich mich nun oder sind das Brustwarzen, die sich an ihrer Uniformbluse abzeichnen? Ich trete etwas näher und blicke auf die Schälchen. Ich will gerade etwas sagen, als der Flieger einen dieser kleinen Hopser macht, der entsteht, wenn die Strömung an den Flügeln für einen Augenblick abreißt, und Astrid stolpert gegen mich, meinen Arm umfangend und dabei zufällig mit ihren Brüsten meinen Oberarm streifend. Ich spüre erigierte Brustwarzen. War es wirklich Zufall? Leute, ich bin eine Frau und ich kenne alle diese Spiele und Signale. Astrid ist

41

scharf auf mich. Und ich? Ich bin monolithische Hetero. Bin ich? Irgendwie macht diese Frau mich an. Meine Zitzen reagieren auf die Berührung ihrer harten Nippel an meinem Arm, und mein Unterleib signalisiert sein Interesse an diesem Geschäft. „Die – Hmhm – diese Nüsse sehen sehr lecker aus." Nun ist es an mir, die belegte Stimme zu haben. Mit vorsichtigem Griff nehme ich ein Schälchen. Vorsichtig, weil ich der Meinung bin, meine Hand könnte zittern. Ich nehme mit der anderen Hand einen der Nusskerne und stecke ihn in den Mund, zermalme ihn langsam und überlege. Plötzlich registriere ich, dass sich Astrid immer noch an meinem Arm festhält und sich dagegen lehnt. Wie gesagt, ich bin ziemlich groß und sie ist wahrscheinlich für eine Stewardess eher klein und vor allem ist sie zierlich. Sie scheint den Kontakt auch zu bemerken und richtet sich auf, bringt etwas Abstand zwischen uns. Amor oder wer auch immer für diese Zwischenfälle verantwortlich zeichnet, stupst unseren Flieger wieder an und Astrid landet wieder an mir, sich hingebungsvoll festhaltend. Ich stecke eine weitere Nuss zwischen meine Zähne und zermalme sie und reiche ihr eher spielerisch eine Nuss hin, die sie aus meinen Fingern annimmt und ebenfalls langsam zerkaut. Wir blicken uns an. Sie hat ganz tiefbraune Augen, wissen Sie, ungefähr die Farbe von Moorseen, wenn der Winter kommt und es morgen zu schneien beginnt, und ich merke gerade, dass ich Gefahr laufe, in diesen Moorseen zu ertrinken, wenn ich nicht etwas dagegen unternehme. Ich reiße mich los von ihrem Blick und beschäftige mich mit den Nüssen in dem Schälchen, dabei auch ihr immer wieder einen Kern hinreichend, den sie hingebungsvoll mit gespitzten Lippen aus meinen Fingern nimmt und zerbeißt.

Um die Spannung etwas zu lösen, sage ich: „Sie sind ganz schön leichtsinnig. Ich könnte ja zur Rasse dieser Edelschweine gehören, die sich nach dem Toilettengang nicht die Hände waschen." Sie schüttelt den Kopf und sagt: „Nein, ich habe nämlich genau gehört, wie nach der Toilettenspülung erst der Wasserhahn aktiviert wurde und nach einer Weile wieder. Sie haben sich also sogar Seife für den Waschgang gegönnt. Und ich kann die Seife immer noch an Ihren Fingern riechen." – „Oh, da passt aber jemand ganz genau auf." – „Das ist mein Job, mich um meine Passagiere zu sorgen." – „Das auch?" Und damit bewege ich meinen Oberarm etwas. Ich habe totale Lust, ihre erigierten Warzen zu spüren, und meine Scham schaltet einen Gang höher.

Wenn man sich zwischen Mittel- und Ringfinger der Hand zwei Elektroden in einem Abstand von zwei Zentimetern klemmt und dann auf diese Elektroden elektrische Spannung gibt, dann spürt man ab einer bestimmten Spannung einen starken Schmerz im Arm. Dieser Schmerz wandert desto weiter den Arm hoch, je höher die elektrische Spannung ist, und bei etwa 150 Volt ist man am Oberarm angelangt. Sollte ich die Hitze, die meine Scheide in meinen Leib sendet, mit Spannungswerten belegen, so bin ich gerade bei etwa 200 Volt angekommen.

„Das nicht," haucht Astrid. Sie errötet heftig und tritt einen Schritt zurück, sich an der Reling der Anrichte festhaltend. „Es, es – es tut mir Leid. Ich weiß nicht, was in mich gefahren ist. Es tut mir wirklich Leid." Ich fasse sie vorsichtig am Arm: „Astrid, das muss Ihnen nicht Leid tun. Sie haben mir nichts getan, was ich nicht gewollt hätte." –

„Wirklich?" – „Wirklich. Ich – ich weiß nur nicht, was im Reglement für Flugpassagiere steht, wenn sie Sex mit dem Flugpersonal haben wollen." Astrid lacht etwas unsicher: „Ich glaube, wenn es im gegenseitigen Einvernehmen geschieht und wenn die Betreuung der anderen Passagiere nicht drunter leidet, dann ist dagegen nichts einzuwenden, vor allem, wenn keiner etwas erfährt." Wir blicken uns wieder tief in die leuchtenden Augen und ich mache eine leichte Kopfbewegung in Richtung Toilettentür. Sie wirft einen vorsichtigen Blick durch die vorgezogenen Vorhänge und nickt dann. Ich drücke die Tür auf und winke sie hinein. Dann folge ich ihr, ziehe die Tür zu und verriegle sie. Sie blickt mich fragend und scheu an. Ich setze mich auf den Deckel der Toilette, solcherart verhindernd, dass sie noch die Nackenstarre bekommt, wenn sie mich anhimmelt, und ziehe sie langsam an mich. Ich nehme ihren süßen Kopf zwischen meine großen Hände und lege ihre Lippen auf meine. Zart drücke ich den ersten Kuss auf ihren Mund. Sie haucht etwas und öffnet ihre Lippen, solcherart Raum gebend für meine bereits in Bereitschaft stehende Zunge. Sie muss genau so weiche Knie bekommen haben von diesem Kuss wie ich, weil sie sich einfach auf mein linkes Bein setzt. Ich löse mich von ihrem Mund und blicke wieder in ihre Augen, die zum Ertrinken einladen. Vorsichtig streife ich ihr Jackett ab und hänge es an den Haken. Dann knöpfe ich zwei Knöpfe ihrer Bluse auf. Sie lässt es geschehen, bleibt dabei völlig passiv. Ich streife mit dem Rücken meines rechten Zeigefingers über die weit vorstehende Brustwarze, worauf sie mit einem Seufzer reagiert. Dieser Seufzer reißt in mir eine Barriere ein, mein Unterleib schaltet auf zweitausend Volt und meine eigenen Zitzen scheren sich nicht mehr um meinen

Sport-BH. Ich hole tief Luft und knöpfe ihre Bluse weiter auf, dabei ihre Augen mit meinen Augen festhaltend. Sie sitzt einfach passiv auf meinem Schoß und starrt mich mit weit aufgerissenen Augen an wie ein Reh, das einem nachts vors Auto läuft und von den Scheinwerfern hypnotisiert wird. Als ich alle Knöpfe ihrer Bluse geöffnet habe, schiebe ich die Bluse über ihre Schultern und ziehe sie ihr dann langsam aus. Sie riecht wunderbar, ich halte mir ihre Bluse vor das Gesicht und sauge ihren Duft tief ein. Unter der Bluse trägt sie ein weißes Baumwollleibchen mit Spitzenbesatz, das ich langsam aus dem Bund ihrer Hose ziehe und dann über ihren Kopf; auch den Duft in ihrem Leibchen muss ich genießen. Ihr BH ist ein urtümliches Stück aus gestärkter Baumwolle mit kräftigen Trägern. Ich taste um ihren Körper, um den BH hinten aufzuhaken und streife ihn dann ebenfalls von den Schultern. Vor mir liegen zwei perfekt geformte halbkugelförmige Brüste, die aussehen, als hätte Michelangelo sie aus weißem Carrara-Marmor extra für mich gearbeitet. Die Warzenhöfe sind ganz dunkelbraun und haben sich gerade ganz zusammengezogen, so dass man fast nur noch die großen erigierten Nippel sehen kann. Mir läuft das Wasser im Mund zusammen und ich glaube, ich spüre einen ganz kleinen Hauch einer Sekunde eine Spur von Neid über so viel wunderbare Perfektion.

Mit beiden Zeigefingern streiche ich simultan vorsichtig über die Spitzen ihrer Brustwarzen. Sie erschauert und Tränen treten in ihre Augen. Einen Moment zögere ich, dann wiederhole ich diese ganz kleine, ganz zarte Bewegung. Sie erschauert wieder und ihren Lippen entringt sich ein kleiner Seufzer. Ich beuge mich vor und nehme einen Nippel vorsichtig zwischen meine Lippen. Ein weiterer Schauer läuft durch ihren Körper und ein leises Stöhnen ist zu hören. Langsam beginne ich zu saugen und sie reagiert, wie ich mir das nie hätte vorstellen können. Binnen weniger Augenblicke versteift sie sich und entlädt sich in einem heftigen Höhepunkt, den sie mit unterdrücktem Stöhnen und Wimmern begleitet. Dann klappt sie zusammen, lehnt sich gegen mich und fängt an zu weinen. Damit hatte ich nun gar nicht gerechnet. Ich halte ihren wunderschönen zierlichen Körper mit meinen Armen umfangen und wiege sie langsam, dabei leise auf sie einredend. Ich weiß nicht, was ich sage und es spielt auch keine Rolle. Sie braucht eine Weile, ehe sie wieder zu sich kommt. Dann steht sie scheu auf und sucht ihre Kleider zusammen. Sie zieht sich an, dabei wendet sie ihr Gesicht ab. Als sie ihre Jacke anziehen will, halte ich ihre Hände fest, drehe sie so, dass sie mich ansehen muss, und sage: „Was ist los? Warum weinst Du?" – „Nichts, ich habe nur in meinem ganzen Leben noch nicht so etwas empfunden. Ich fühle mich so glücklich und ich weine, weil ich so alt bin."

Sollte ich mich nun benutzt fühlen? Meine sexuelle Erregung ist komplett verflogen und ich bin müde, erschöpft und schmutziger, als ich jemals in meinem Leben gewesen bin. Astrid zieht ihre Jacke an, entriegelt die Tür und blickt hinaus, ehe sie die Nasszelle verlässt. Sie nickt mir mit abgewandtem Gesicht zu und ich verlasse die Toilette ebenfalls, um zu meinem Sitz zurückzukehren. Den Rest des Fluges kümmern sich die gefletschten Jacketkronen um mich und beim Aussteigen kann ich Astrid auch nicht sehen.

Wie dem auch sei, in Buenos Aires werde ich von einem Mann am Flughafen abgeholt, der mich zur Anlage im Landesinnern bringen soll. Wir decken uns noch reichlich mit Getränken und Esswaren ein, ehe er seinen Allrad getriebenen Wagen in Bewegung setzt und mich stundenlang über Straßen und Pisten transportiert, bis wir kurz vor Mitternacht ein Areal erreichen, auf dem einige Bungalows locker verstreut herumstehen. Hohe Peitschenlampen, um die sich Insektenschwärme tummeln, baden das ganze Areal in natriumgelbes Licht. Die Wege zwischen den Bungalows sind geschottert, ordentliche blumenbestückte Rabatten sind mit weißen Steinen eingesäumt. Manuel, der für mich die Aufgaben des Fahrers und Übersetzers innehaben wird, hält den Wagen vor einem der Bungalows an und seufzt: „Angekommen, bella Signora. Bleiben Sie noch im Wagen sitzen, ich kümmere mich eben um den Schlüssel und checke, ob der Bungalow wirklich in Ordnung ist. Dann können Sie aussteigen." Ich lehne mich im Sitz zurück. Ich hatte während der Fahrt überwiegend geschlafen, bin also nicht wirklich müde, aber erschöpft. Das Erlebnis mit Astrid vorhin im Flugzeug hängt mir mehr nach, als ich mir selbst eingestehen will, nicht zuletzt, weil ich niemals von mir angenommen hatte, dass ich lesbische Neigungen hätte. Ich muss wohl weggedöst sein, weil ich hochschrecke, als Manuel meine Tür öffnet und mit einer einladenden Geste sagt: „Alles in Ordnung. Ich wünsche Ihnen nun eine gute Nachtruhe und hole Sie morgen gegen neun Uhr ab. Frühstücksutensilien sind im Kühlschrank." Ich steige aus und gehe zur Heckklappe, aber mein Gepäck wurde bereits ausgeladen und im Bungalow aufgestellt. Ich winke Manuel noch einmal zu und schließe die Tür hinter mir. Als erstes inspiziere ich die Räume. Es gibt eine

Wohnküche mit einer kompletten Küchenzeile und tatsächlich üppig bestücktem Kühlschrank sowie neben einem Esstisch mit vier Stühlen noch eine Couch und einen Breitwandfernseher. Dann gibt es zwei Schlafzimmer mit je einem Doppelbett, einem Schreibtisch und einem großen Kleiderschrank. Im Badezimmer gibt es neben der Toilette und dem Bidet eine Badewanne und eine Duschkabine und, oh Luxus, eine Waschmaschine. Wenn man wochenlang auf einer Baustelle rumhängt, dann gehen irgendwann die Kleider zur Neige und es ist nicht immer trivial, eine Wäscherei oder einen Waschsalon aufzutreiben. Im Wohnzimmer rauscht die Klimaanlage und der Kühlschrank brummt vor sich hin.

Ich entkleide mich, ziehe mir all die mehrfach durch-geschwitzten Schichten vom Leib und steige in die Dusch-kabine. Der Wasserstrahl wird schnell heiß und ist sehr stark. Eine Wonne. Ich schäume mich zweimal ein und spüle mich komplett ab. Das Einschäumen hat mich geil gemacht. Meine Brustwarzen stehen steil zum Himmel und ich spüre die Hitze in meinem Unterleib. Ich nehme den Brausekopf aus dem Halter und richte ihn auf die Brüste, massiere sie kräftig, während das Wasser hart und schmerzhaft gegen die steifen Nippel prasselt, Dann führe ich den Strahl an meinem Bauch hinab, ziehe meine Schamlippen mit einer Hand auseinander und lasse den Strahl tief in meine gierige Möse eintauchen. Binnen Sekunden baut sich die Entladung auf, ich lehne mich gegen die gekachelte Wand, während Welle um Welle des Orgasmus über mich hinwegspült. Jetzt fühle ich mich sauber. Ich stelle das Wasser ab und hänge den Brausekopf in die Halterung zurück. Das Handtuch, das an der Stange hängt, riecht frisch und trocknet mich im Nu ab. Nackt mit dem Handtuch über dem Arm gehe ich in die Wohnküche, lege das Handtuch über den Stuhl und hole mir dann aus dem Kühlschrank etwas zu essen: Brot und Butter, Aufschnittwurst und Käse, Tomaten, Gurken und Möhren. Dazu eine Flasche Milch. Gekühlte Milch, eine Wonne. Ich glaube, die wollen mich locken.

Ich setze mich hin und fange an zu essen, tilge den Geschmack von Nüssen und Business-Class-Menüs aus meinem Mund und meinen Geschmacksknospen, spüle das wunderbare Essen mit der herrlich kalten, wirklich nach Milch schmeckenden Milch hinab, bis ich zum Platzen voll bin. Nach dem ersten Bissen hatte ich gemerkt, wie hungrig ich während der Reise geblieben war und wie sehr Hunger doch die innere Haltung runterziehen kann.

Nachdem ich die Reste meines Mahls weggeräumt habe, putze ich mir ausgiebig meine Zähne, räume meine Zahnzwischenräume mit Zahnseide frei und spüle am Ende den Mund noch einmal mit einem kräftigen Mundwasser. Endlich bin ich innen und außen sauber, neu und bereit für weitere Abenteuer. Ich lösche das Licht in der Wohnküche und gehe ins Schlafzimmer, ziehe die Decke zurück und lasse mich auf die Matratze fallen. Auch das Bett ist frisch gewaschen, wie im Paradies. Die wollen mich wirklich locken, oder?

Ich schlafe sehr gut in dieser Nacht und als mich Manuel am Morgen pünktlich um neun Uhr abholt, scheint er über meinen Elan zu staunen. Jedenfalls zögert er einen Moment, als ich aus der Tür trete und ihm einen guten Morgen wünsche. Ich fühle mich herrlich. Der Weg zur

Anlage führt durch die typische argentinische Pampa, weite grasbewachsene Felder, auf denen dünn verstreut Baumgruppen stehen. Die Anlage kann man schon auf einige Kilometer Entfernung sehen, erst in Form wolkenbekränzter Schornsteine und dann die ganzen Prozessbauten, und später auch riechen. An diesen sehr speziellen Geruch sollte ich mich in den Wochen, die ich dort verbringe, überhaupt nicht gewöhnen. Die Aversion wird im Gegenteil im Lauf der Zeit immer größer, so dass ich einmal sogar die Anlage verlassen muss, weil ich mich mehrfach erbrochen hatte. Manuel fragt mich etwas spöttisch, während er mich nach Hause zum Bungalow fährt, ob ich etwa schwanger bin. Hätte mein Blick die Kälte übermittelt, die in meinen Augen lag, dann wäre er auf der Stelle in tausend Eisstückchen zerbrochen. Das tut aber unserer ansonsten guten Zusammenarbeit keinen Abbruch und er sagt später entschuldigend, es sei eigentlich als Kompliment gemeint gewesen, weil eine Frau meines Alters ja nicht mehr schwanger werden könnte und er mir vermitteln wollte, dass ich noch so jung auf ihn wirke. Manuel hat ein einsames Talent, von einem Fetttiegel zur nächsten Fettpfanne zu hüpfen.

An der Torwache angekommen, wird mir als erstes mitgeteilt, dass ich meinen Werkzeugkoffer auf keinen Fall auf das Werksgelände bringen könne. Der einzige Kompromiss, den Joshua, der Leiter des Technischen Service, für mich aushandeln kann, ist der, dass ich meine Notebooktasche samt Inhalt bei mir behalten darf, weil alle meine Notizen und Technischen Unterlagen auf diesem Notebook gespeichert sind und eine Arbeit ohne diese Daten sinnlos wäre. Diese Verhandlungen dauern den ganzen Vormittag. Am Nachmittag werde ich dem Sicherheitsingenieur vorgestellt, der mir erst eine allgemeine Sicherheitsunterweisung unter anderem des Inhalts gibt, welche Sicherheitskleidungsstücke ich wo zu tragen habe, und dann anfängt, mir haufenweise Formulare vorzulegen, die ich ausfüllen muss, wenn ich eine bestimmte Arbeit zu machen beabsichtige. Diese Arbeit muss dann durch einen bestimmten Personenkreis, der auch noch von jedem Formular abhängt, genehmigt werden und dann erst darf ich anfangen zu arbeiten. Nach dem vierten Formular winke ich großzügig ab und sage dem Mann, dass ich nicht beabsichtige, auch nur eines dieser Papiere auszufüllen. Ich werde eng mit Joshua zusammenarbeiten und überlasse es ihm zu entscheiden, welche Formulare dann durch ihn auszufüllen seien. Der Sicherheitsingenieur nickt begeistert und meint, das sei eine sehr gute und vor allem sinnvolle Idee.

Dann darf ich endlich rein. Joshua, ein baumlanger Kerl mit afrikanischen Wurzeln und einem strahlenden Lächeln, wenn er denn mal lächelt, der mich um einen halben Kopf überragt, wenn er nicht gerade aufrecht steht, holt mich aus dem Büro des Sicherheitsingenieurs ab und bringt mich als erstes in sein Büro. Dort bietet er mir Kaffee oder Tee an und fragt mich dann nach meiner Reise. Ich antworte kurz, lobe vor allem die Unterbringung, und sage dann: „Also eines versteht bei uns zuhause niemand: Warum habt Ihr mich für vier Wochen angefordert? Wenn ich mir die im Auftrag stehenden Arbeiten so ansehe, dann kann ich mir nicht vorstellen, länger als eine Woche beschäftigt zu sein. Ich meine, die Ausstattung des Bungalows ist herrlich und wenn der Kühlschrank immer so leckeres

Essen von sich gibt, dann wird mir die Zeit nicht lang. Aber das ist doch teuer, wenn Ihr mich hier wochenlang rausfüttert." Joshua lächelt sein Strahlelächeln und sagt: „Ich glaube, wir schauen uns erst einmal die Anlagen an. Da habe ich nämlich schon mal ein paar Fragen. Und dann sehen wir weiter." – „Gut, kann ich mein Notebook erst mal hier lassen?" – „Ja klar, zu meinem Büro hat keiner einen Schlüssel." Wir stehen auf und gehen raus.

Während der mehr als halbstündigen Wanderung kreuz und quer über das Areal erklärt mir Joshua viele Details zu dem Produkt, das hier in dem riesigen Prozessreaktor hergestellt wird, die einzelnen Prozessschritte vor und nach dem Reaktor und einige der Hilfsprozesse. Unter anderem die notwendige Energiemenge ist sagenhaft hoch und wird ausschließlich aus nachwachsenden Rohstoffen bedient. Er nennt mir die Menge an Lastkraftwagen, die tagtäglich aus den umliegenden Plantagen die ebenfalls von ihm detailliert aufgelisteten Roh- und Hilfsstoffe antransportieren und die daraus entstehende Menge an Fertigerzeugnissen. Wir laufen unter anderem an einer gigantischen Baugrube vorbei, auf deren Grund gerade einige Betonmischer stehen und mit riesigem Lärm Beton erzeugen, mit dem die Sohle der Grube gegossen wird. Joshua erzählt mir, dass auf dieser Baugrube ein neuer Prozessreaktor gebaut werden soll, dessen Durchsatz dreimal so hoch wird wie der des aktuell im Einsatz befindlichen, der aber nur zweimal so viel Energie umsetzen soll, also eine Effizienzsteigerung um fünfzig Prozent. Häh? Das kommt wahrscheinlich auf die Bezugsgröße an, wie hoch die Effizienzsteigerung wird. Aber das ist nicht mein Problem. Joshua ist ein wandelndes

Lexikon, was diesen Fertigungsstandort eines weltweit agierenden Konzerns anbelangt, und sein Redeschwall wird lediglich häufig durch sein Mobiltelefon unterbrochen, das er mit seiner sehr dynamischen Mimik bequatscht. Ich komme kaum zu Wort, aber das ist mir im Moment nur Recht. Ich muss hier erst mal rauskriegen, was das Problem ist, und je mehr man mir freiwillig erzählt, desto weniger muss ich fragen. Endlich kommen wir an einem schlichten Betonbau an, den Joshua durch eine Tür betritt, die er durch einen besonderen Schlüssel öffnet; elektrische Betriebsräume zeichnen sich oft durch besondere Schlüssel aus, weil nicht jeder Hanswurst etwas in diesen Betriebsräumen verloren hat. Drinnen zeigt sich das vertraute Bild mit den Reihen von Schaltschränken und Racks, und auch hier rasselt Joshua die Funktion und Geschichte jedes einzelnen herunter, nachdem er erleichtert gesagt hat: „Gott sei Dank. Hier bin ich nicht erreichbar. Der Schaltraum ist wellendicht." Er steckt sein Telefon in die Seitentasche seiner Cargohose und fügt hinzu: „Hier, diese Schränke müsstest Du kennen. Die sind von Euch." Ich nicke. Das sind unsere Schränke. Alle Monitore sind schwarz, alle Schalter stehen auf „Aus". „Ja, aber die sind alle ausgeschaltet." – „Ja, wir sind gerade dabei, die Anlagen zu überholen. Wir sind aber morgen fertig und wollten gerne jemanden von Euch dabei haben, wenn eingeschaltet wird." – „Okay. Kann ich mal das Dach sehen?" – „Klar." Wir verlassen den Schaltraum, was ein paar Leute dazu nutzen, sofort bei Joshua anzurufen, weil sein Telefon pausenlos klingelt. Während er mit verschiedenen Leute verschiedene Probleme diskutiert, führt er mich um den Betonbau herum zu einer gigantischen Stahlträgerkonstruktion. Dort bleibt er stehen, und gleichzeitig am Telefon einem Pedro erklärend, wie die verschiedenen Bedienebenen eines Leitsystems strukturiert werden sollen, deutet er nach oben. Ich folge seinem Finger und sehe die vertrauten Konturen. Neben mir schlängelt sich eine Stahltreppe die Trägerkonstruktion hoch und mit einem fragenden Gesichtsausdruck deute ich auf die Treppe. Joshua nickt und ich mache mich an den Aufstieg. Ich habe unsere Anlagen schon in Höhen von über hundert Metern gefunden und von daher sind die einhundert- sechsundsiebzig Treppenstufen, die ich erklimme (ich habe sie nachgezählt, als ich das zehnte Mal da hochlaufen musste), durchaus noch steigerungsfähig, aber trotzdem in der Lage, meine Atemfrequenz massiv zu beeinflussen, insbesondere, weil der Geruch in der Luft in dieser Ecke des Areals besonders intensiv zu sein scheint.

Die Gehäuse sind dick verkrustet mit etwas, das wie Zement aussieht. Ich pokle an einer Stelle mit meinem Fingernagel etwas herum und das Zeug ist tatsächlich härter als mein Nagel. Die Kühlrippen sind total zugesetzt mit der Masse. Das sieht interessant aus. Ich will das Herstellungsjahr am Typenschild nachprüfen, aber das Typenschild ist nicht zugänglich. Es ist ebenfalls unter dieser Masse verschwunden. Die den Systemen nachgeschalteten Hochspannungsschaltwerke sehen ähnlich schlimm aus. Vor allem ist die Masse irgendwie in die Gehäuse eingedrungen und hat die empfindliche Schaltmechanik verklebt. Ich mache einen Rundgang auf dem Dach und sehe allenthalben ähnliche Zustände. In der Zwischenzeit ist Joshua ebenfalls auf dem Dach angekommen. Er hatte während des gesamten Aufstiegs mindestens vier Telefonate geführt und ist trotzdem nicht außer Atem. Er strahlt mich an und meint: „Und, was hältst Du davon?" – „Was ist das für Zeug, das hier überall klebt?" – „Das kommt aus dem Schornstein hier raus, wenn die Filter versagen, und legt sich dann überall ab. Der Staub ist eigentlich trocken, wenn jedoch ein Regen kommt und ihn benetzt, dann verklebt er. Das Zeug ist dann schlimmer als Beton und mindestens genau so haltbar." Er macht mit dem Arm eine kreisförmige Geste und ergänzt: „Aus meiner Sicht macht es wenig Sinn, die Anlagen in Betrieb zu nehmen. Zumindest die Hochspannungsschalter sollten erst mal gründlich gereinigt werden." – „Das stimmt allerdings, und warum habt Ihr noch nicht damit angefangen?" – „Meine Leute hatten noch keine Zeit und wir sind uns nicht an allen Stellen sicher, mit welchem Werkzeug wir welche Teile bearbeiten dürfen. Ich hatte gehofft, dass Du mit uns morgen mal gemeinsam einen der Schalter zerlegst und uns zeigst, wie wir da am Besten vorgehen." – „Dann wird das morgen aber nichts mit der Inbetriebnahme. Wenn ich mir den Zustand hier so ansehe, sitzt man an einem Schalter mindestens drei Tage, bis er einigermaßen in Ordnung ist. Dabei weiß ich noch nicht einmal, welche Bauteile durch diese Klebemasse zerstört worden sind." Joshua nickt und strahlt: „Genau meine Worte. Also lasse ich für morgen Früh mal meine Truppe antraben und sage der Fertigungsplanung, dass wir die Inbetriebnahme um eine Woche verschieben." Ich zucke mit den Schultern. „Klar, wenn das hier so einfach möglich ist." Joshua lacht schallend, was ich nicht verstehe, und sagt: „Oh, es ist alles einfach, wenn man es nicht verkompliziert." Immer noch lachend wendet er sich der Treppe zu und dabei gebietet sein Telefon wieder seine Aufmerksamkeit. Wir steigen die Treppen hinab und gehen zu seinem Büro zurück, wo ich meine Notebooktasche aufnehme und mich von Joshua verabschieden will. Er winkt ab und sagt: „Ich bringe Dich eben noch zur Wache und sage derweil Manuel Bescheid. Ich bin morgen Früh ab etwa neun Uhr bereit. Vorher sind die ganzen Meetings." – „Braucht Ihr mich bei einem der Meetings?" – „Ich glaube nicht. Das können wir dann auf Übermorgen verschieben. Jetzt sind erst mal die Anlagen dran." Er begleitet mich zur Wache, wo ich von Manuel aufgelesen und zum Wohnareal gefahren werde. Während der Fahrt dorthin sprechen wir nicht allzu viel. Ich spüre den Jetlag, obwohl ich in der vergangenen Nacht gut geschlafen hatte. Aber in Deutschland ist schon Mitternacht, auch wenn hier erst Nachmittag ist. Dem entsprechend hänge ich im Sitz und bin Manuel für sein Schweigen dankbar.

Im Bungalow angekommen, dusche ich mich und bereite mir dann ein Abendessen ähnlich dem der vergangenen Nacht vor. Irgendwelche Heinzelmännchen hatten den Bungalow im Lauf des Tages sauber gemacht und aufgeräumt, und welche Wonne, den Kühlschrank wieder ergänzt. Die wollen mich wirklich locken.

Am nächsten Morgen bin ich kurz vor neun Uhr an der Wache, die mir mitteilt, dass Joshua ausrichten lässt, dass er mich gleich abholen würde. Ich solle es mir in der Zwischenzeit bequem machen. Ich setze mich auf einen der Stühle im Eingangsbereich und blicke aus dem Fenster. Hier drin ist der Geruch nicht ganz so schlimm und das Panorama ist überwältigend. Die Weite der Pampa breitet sich direkt vor dem Werk aus und wenn man alles vergisst, was in der anderen Richtung, also in meinem Rücken angesiedelt ist, denkt man fast, man sei alleine auf der Welt. Joshua kommt gegen halb Zehn in den Vorraum. Sein Gesicht ist gewittrig verzogen, bei meinem Anblick schaltet er jedoch auf Sonnenschein um. „Guten Morgen, Clara. Wir sollen erst zu einem Meeting gehen, ehe wir anfangen zu arbeiten. Das Management möchte von Ihnen erläutert haben, wie die Überholung der Schalter vonstatten gehen soll." Ich seufze, stehe auf und folge ihm. Wir betreten nach Passieren der Wache ein Bürogebäude, in dem der Geruch von draußen überhaupt nicht feststellbar ist. Später erzählt mir Joshua, dass man mit einem riesigen Aufwand einen gewissen Überdruck im Gebäude herstellt. Der riesige Aufwand entsteht dabei hauptsächlich durch die Filteranlage, die für die Entstinkung der Luft zuständig ist. Im dritten Stock des Gebäudes, den wir über Treppen erreichen, obwohl es einen Aufzug gibt, führt er mich in einen Besprechungsraum, in dem schon ein paar in Anzüge gekleidete Männer sitzen. Außerdem ist noch eine Frau in Arbeitskleidung am Tisch. Bei meinem Eintreten verstummen die verschiedenen Gespräche und die Gesichter wenden sich mir zu. Ich grüße und steuere einen Stuhl an, um mich zu setzen. Joshua übersetzt meinen Gruß und die Anwesenden murmeln ebenfalls eine Begrüßung und nicken mir zu. Dann bittet mich Joshua, den Sachverhalt mit der Reinigung der Hochspannungs-schalter zu erläutern. Ich erkläre, was ich am Vortag vorgefunden hatte und zu welchen Problemen meiner Meinung nach der desolate Zustand der Schalter führt. Außerdem erläutere ich, wie und an welchen Stellen man die Reinigung und Ertüchtigung der Schalter durchführen muss und weise am Schluss darauf hin, dass ich noch nicht weiß, welche Bauteile durch die Verklebung zerstört worden seien. Joshua übersetzt und erläutert, legt mir bisweilen Fragen aus dem Kreis der Leute vor und so vergehen über drei Stunden. Am Ende der Diskussion fragt mich die Frau im Arbeitsanzug, die sich mittlerweile als Fertigungsleiterin herausgestellt hat, wie es zu dieser Verschmutzung habe kommen können. Ich weise darauf hin, dass jeder Schalter mit einem Deckel ausgestattet ist und wenn die Dichtung dieses Deckels versagt, unter anderem weil das Gehäuse des Schalters sich verzieht, dann könne durch thermische Volumenänderungen ein Atmungseffekt eintreten, der den Staub und die Feuchtigkeit in die Gehäuse zieht. Diese Aussage zieht wieder jede Menge an Erklärungen nach sich. Als wir uns endlich erheben, meint Joshua: „Nun ist Mittagszeit. Lass uns erst mal was essen gehen." Wobei das „Lass uns …" sich tatsächlich darauf bezieht, dass er mich eben zur Kantine bringt, an der Essensausgabe erklärt, dass ich auf Kosten des Hauses speisen darf, und sich dann verabschiedet mit den Worten, mich in einer Stunde wieder abzuholen.

Ich nehme ein Tablett und lade es mit einer Auswahl der hier angebotenen Gerichte voll, suche Besteck zusammen und setze mich dann an einen Platz möglichst weit hinten. Die Kantine ist nur mäßig besucht, die Leute haben bei meinem Eintreten kurz hochgesehen und sich dann wieder ihrem Mahl oder ihren Gesprächen zugewandt. Während ich das nicht einmal schlecht schmeckende Steak mit Kartoffeln und Gemüse und den Salatteller gemächlich in mich reinstaple, denke ich wieder an mein gestriges

Erlebnis mit Astrid. Am meisten beschäftigt mich immer noch meine neu entdeckte lesbische Ader. War sie der Grund dafür, dass ich bisher in Männerbeziehungen kein Glück hatte. Wieso Glück? Glück klang so unkontrollierbar. Sollte ich es eher als „keinen Erfolg" formulieren? Clara, der Kontrollfreak, wie mich mal ein Freund genannt hatte, kurz bevor ich ihn aus der Wohnung geworfen hatte. Nicht wegen dieses Vorwurfs allerdings.

Plötzlich scharrt der Stuhl an meinem Tisch, der auf der anderen Seite steht, auf dem Boden. Ich blicke hoch in das lächelnde Gesicht eines Mannes, der mich etwas gefragt zu haben scheint. Ich muss wohl ziemlich verständnislos geguckt haben, weil er mich nun in Englisch fragt, ob er sich setzen darf. Ich mache eine mehr oder weniger einladende Handbewegung und er setzt sich, sein Tablett vor sich abstellend. Er entschuldigt sich für sein Eindringen in meinen persönlichen Bereich, er hätte mich hier in der Kantine noch nie gesehen und daher gedacht, ich sei die neue Angestellte in der Personalverwaltung. Er sei aus dem Produktmanagement, sein Name sei Miguel, also eigentlich Michael, aber da hier die Leute Spanisch sprechen, habe er kurzerhand für den Alltagsgebrauch Miguel draus gemacht. Ich habe bis jetzt noch kein einziges Wort geäußert und bin gerade dabei, ihn aus meiner Wahrnehmungssphäre zu kippen – seinem pausenlosen Reden nach braucht er noch nicht einmal das eine oder andere Bestätigungssignal, dass sein Gerede irgendwo ankommt, als ein zweiter Mann an den Tisch kommt und sich ungefragt hinsetzt. Er begrüßt mich mit einem Nicken und wendet sich dann in Spanisch Miguel zu. Dieser unterbricht ihn nach kurzer Zeit und sagt in Englisch: „Wir sind sehr unhöflich, uns zu dieser Dame an den Tisch zu setzen und sie dann aus unserem Gespräch auszunehmen. Wie heißen Sie übrigens?" Ich winke großzügig ab, da ich mit diesem Schleimbeutel nun wirklich nichts zu tun haben will, sage aber: „Ich bin Dr. Dremler." Bei diesen Worten blickt der andere auf und sagt: „Sie sind der Ingenieur, äh die Ingenieurin, die man aus Deutschland geschickt hat? Ich bin Francesco. Ich habe die Bestellung ausgefertigt, drum weiß ich von Ihnen. Es tut mir Leid, dass ich Sie vorhin nicht begrüßt habe." Ich nicke, da ich an dem Satz nichts finde, worauf ich eine Antwort ansetzen kann. Er ergänzt, ob ich eine gute Anreise hatte, was ich bejahe, und erzählt mir dann, dass er mich im firmeneigenen Camp untergebracht habe, wenn mir mein Zimmer aber zu einfach sei, dann könne er mich auch in einem in der nahe gelegenen Stadt befindlichen Hotel unterbringen. Dieser Satz erstaunt mich und ich sage ihm, dass ich im Gegenteil sehr zufrieden bin mit der Unterbringung. „Ich hoffe nur, dass der Kühlschrankservice weiter bestehen bleibt. Jedenfalls hat mich die Waschmaschine schon vollständig überzeugt." Wir tauschen uns noch eine Weile über die Wohnanlage aus und ich habe nicht das Gefühl, dass er mich nur zutexten will. Dann kommt noch eine Frage, die mich erstaunt: „Wir haben Sie für einen Zeitraum von mindestens vier Wochen angefordert. Denken Sie, das ist genug? Ansonsten müssen wir rechtzeitig nachbuchen." − „Wir waren in Deutschland im Gegenteil erstaunt über den langen Zeitraum der Buchung, wobei ich gestern Nachmittag und heute Vormittag schon einiges festgestellt habe, das diesen Zeitraum rechtfertigen könnte." So kommen wir auf den Zustand der Hochspannungsschalter zu sprechen und ich gewinne den Eindruck, Francesco ist ein ganz angenehmer Gesprächspartner. Miguel, der sich plötzlich als das dritte Rad am Kommunikationswagen sieht, hat den Tisch schon längst verlassen. Gerade kommt Joshua in die Kantine, blickt sich kurz um und eilt an unseren Tisch: „Am besten an Ihnen gefallen mir Ihre roten Haare, die sieht man überall gleich." – „Ist das nun ein Kompliment?" Francesco fängt an zu lachen: „Joshua und Komplimente, das ist wie Feuer und Wasser. Das ist das, was ich an ihm so mag. Seine Direktheit. Da weiß man immer, woran man ist." Die beiden lachen und wir erheben uns, um wieder an die Arbeit zu gehen.

Den Nachmittag verbringe ich damit, einigen von Joshuas Team zu zeigen, wie man einen Hochspannungsschalter zerlegt. Dann probieren wir gemeinsam, wie man dieses betonartige Zeug von den Oberflächen bekommt, ohne die Bauteile zu zerstören. Da die Leute nur spanisch sprechen, muss Manuel mit dazukommen, um zu übersetzen. Dass ich mein eigenes Werkzeug nicht benutzen darf, vereinfacht die Sache nicht gerade, aber wir schaffen es bis zum Abend, beim ersten Schalter eine Aufnahme der Teile zu machen, die auf jeden Fall als Neuteile aus Deutschland angefordert werden müssen. Joshua, der den ganzen Nachmittag nur sporadisch mit dazugestoßen war, übernimmt die Liste von mir, um sie an Francesco weiterzugeben, der eine Expressbestellung nach Deutschland vorbereiten soll. Als wir fertig sind, ist es Abend und dunkel. Ich bin erschöpft, aber es geht mir besser. Astrid beziehungsweise die Fragen nach meiner sexuellen Neigung stehen nicht mehr im Vordergrund. Was mich am meisten irritiert hatte bei der ganzen Angelegenheit, war die Frage, ob ich mit Astrid eine Beziehung eingehen wollte.

Als ich am Abend wieder in meinem Bungalow angelangt bin, stelle ich fest, dass er wie am Vortag sauber gemacht wurde, dass die Bettwäsche frisch gewaschen ist und der Kühlschrank wieder gefüllt wurde. Heinzelmännchen gibt es offenbar nicht nur in Köln, meiner Geburtsstadt übrigens.

Wir arbeiten am nächsten Morgen an der Stelle weiter, wo wir am Vorabend aufgehört haben. Es kostet uns den Rest der Woche und das ganze Wochenende, die Schalter so weit aufzuarbeiten, dass sie wieder funktionsfähig sind. Für den Montag ist das erste Einschalten der Hochspannung geplant. Sophia, die Fertigungsleiterin, murrt zwar über die Verzögerungen, wird aber von Joshua schnell zur Ruhe gebracht. Immerhin habe ich diese Verzögerungen nicht verursacht. Wobei ich wegen derartiger Vorwürfe keine Pickel mehr bekomme. Ich bin lange genug im Geschäft, um zu wissen, dass alle am Tisch auf die eine oder andere Weise unter Druck stehen und die Suche nach Wurzeln des Übels ziemlich komplexe Antworten ergibt, die niemandem weiterhelfen.

Francesco sitzt meistens während der Mittagspause an meinem Tisch, wir reden anfänglich über unsere gemeinsamen Belange, die mit meinem Auftrag zu tun haben, wenden uns nach und nach aber auch privaten Themen zu. Er ist kein unangenehmer Gesprächspartner und lässt mir genügend Raum zu schweigen oder mich zu äußern, und ich beginne, mich auf die gemeinsamen Mittagspausen zu freuen. Am Samstag und am Sonntag hat er natürlich frei und ich sehe ihn nicht. Die Kantine hat an sieben Tagen die Woche geöffnet, das heißt, ich kann auch an diesen Tagen mein Mittagessen dort einnehmen und es schmeckt mir ganz gut, so dass ich das Angebot gerne nutze.

Die per Express angeforderten Ersatzteile sind am Samstag Morgen eingetroffen und wir können sie einbauen. Leider haben wir am Freitag festgestellt, dass es noch ein weiteres Ersatzteil gibt, das unter den Einwirkungen der Klebesubstanz so degeneriert ist, dass sich ein Wiedereinbau nicht lohnt. Francesco löst eine weitere Expressbestellung aus und wir beschließen, dass ich versuchen soll, zumindest eines der ausgebauten Teile zu regenerieren, um mit der Inbetriebnahme anfangen zu können und für diesen Zweck das eine Teil von einem Hochspannungsschalter zum nächsten umzubauen, zumal die Auftragsbestätigung aus Deutschland eine Lieferverzögerung beinhaltet. Am Sonntag Vormittag fange ich an, das Teil aufzubereiten. Es ist aus Edelstahl gefertigt und Teil des elektrischen Kontaktapparates. Die Kunst besteht letztendlich darin, die Kontaktflächenform wieder so herzustellen, dass ein möglichst vollflächiger Kontakt gewährleistet ist. Es kostet mich etwa drei Stunden mit einer Feile, den Edelstahlklotz von meinem Willen zu überzeugen, zumal die Feile auch schon bessere Tage gesehen hat. Aber eine Feile hätte ich auch nicht in meinem Werkzeugkoffer gehabt. Joshuas Leute wollen mich immer wieder dazu bewegen, die Begradigung mit einem Winkelschleifer durchzuführen, aber ich wehre mich erfolgreich. Mit einem Winkelschleifer oder ähnlichem kann man erstens nicht genau genug arbeiten, zweitens nicht die Oberflächengüte hinbekommen und drittens erhitzt man den Stahl durch die hohe Schleifgeschwindigkeit, was zu Materialdegradation führt. So habe ich am Sonntag in der Werkstatt eine ganze Menge Zuschauer, während ich mich abmühe. Die Witze, die die Leute reißen, verstehe ich zum Glück nicht, weil die Leute Spanisch sprechen. Vielleicht machen sie ja gar keine Witze über mich und ich nehme mich jetzt nur zu wichtig. Vielleicht reden sie ja übers Fischen oder über ihre Autos oder ihre Frauen oder was Männer halt so reden, wenn sie unter sich sind.

Am Montag Morgen muss ich erst noch an einem Meeting teilnehmen, bei dem unser Fortschritt während der vergangenen Tage ausgiebig hin und her diskutiert wird. Ich scharre innerlich mit meinen Hufen, will endlich Erfolge unserer Arbeit sehen. Bis wir im Schaltraum angekommen sind, ist es kurz vor Mittag. „Das macht nun überhaupt keinen Sinn, vor dem Mittagessen noch hektisch etwas zu versuchen," sage ich zu Joshua. Er nickt nur. Er ist genau so sauer über die Verzögerung, wobei uns beiden klar ist, dass die Gespräche notwendig sind. Was ich nicht verstehen kann, warum ich daran teilnehmen soll. Es reicht doch, wenn Joshua sich da reinsetzt. Wie dem auch sei, wir beschließen, nach dem Mittagessen einzuschalten. Joshua schickt seine Truppe noch mal los, um alles zu checken, dass alle Brücken entfernt und die Anlagen wirklich einschaltbereit sind.

Als ich in der Kantine ankomme und mein Essen auf das Tablett stelle, sitzt Francesco schon an unserem Tisch und ich freue mich mehr, als ich mir eingestehen möchte, ihn da sitzen zu sehen. Lässig schlendere ich an den Tisch und frage ihn von hinten, ob ein Platz frei wäre. Er dreht sich um und strahlt mich an: „Natürlich, nimm Platz. Wie geht es Dir?" – „Ganz gut. Die Versorgung in meinem Bungalow funktioniert ja immer noch ganz gut, da kann man schon zufrieden sein." Ich setze mich, richte meine Teller und Schüsseln vor mich auf den Tisch und beginne zu essen. Wir unterhalten uns währenddessen mit der Leichtigkeit, mit der wir uns schon in der vergangenen Woche unterhalten haben. Plötzlich fragt Francesco mich: „Tanzt Du?" – „Wie?" – „Hättest Du mal Lust, mit mir zum Tanzen zu gehen?" – „Huh, das ist aber nun eine Frage? Ich kann sicherlich nicht gut tanzen?" – „Tanzen hat nichts mit Können zu tun, sondern mit Wollen. Willst Du mit mir mal zum Tanzen gehen?" Wollte ich? „Was habe ich zu verlieren? Wann?" – „Am Mittwoch Abend ist Tangoabend in der Stadt. Ich war schon lange nicht mehr dort und ich dachte mir gerade, ob Du und ich ..." – „Ich glaube, das ist eine gute Idee, zumindest bewahrt es mich vor dem drohenden Lagerkoller. Holst Du mich ab oder soll ich meinen Fahrer involvieren?" – „Ich hole Dich ab."

Als ich nach dem Essen zum Schaltraum gehe und diesen betrete, ich hatte von Joshua am Freitag einen Schlüssel bekommen, weil ohnehin schon jeder Hanswurst hier im Werk einen Schlüssel für den Raum hat, stehen schon eine ganze Reihe von Leuten vor den Schaltschränken. Ich erkenne die meisten mittlerweile aus den Meetings. „Bin ich zu spät?" Joshua winkt ab: „Nein nein, alles in Ordnung." Ich wende mich kurz an die Runde und sage: „Ihnen ist aber schon allen klar, dass das, was wir heute machen, nur ein erstes Einschalten ist, nicht zuletzt, weil eines der Teile in den Schaltern immer noch fehlt und wir das eine provisorische Teil von einem zum nächsten

Schalter rüberwechseln müssen." Zustimmendes Gemurmel als Antwort. So ganz recht ist mir die Situation nicht, aber jeder Ingenieur ist ja auch ein Schauspieler. „Gut, dann legen wir los." Ich nicke Joshua zu, für die erste Anlage die Leistung aus der Energieverteilung zuzuschalten. Er entsichert den Schalter, prüft noch einmal, ob keine Sicherung mehr eingebaut ist und drückt dann auf den Knopf. Der halbautomatisch arbeitende Schalter beginnt zu rasseln und schnarren und rastet dann mit einem lauten Krachen ein. Ein paar der Leute zucken zusammen. Ich prüfe die Eingangsspannung im Reglerschrank und arbeite mich dann Schritt für Schritt durch meine im Kopf gespeicherte Routine. Als ich das erste Mal die Leistung beaufschlage, erhöht sich auch mein Puls. Es ist fast wie eine Erstinbetriebnahme. Erstinbetriebnahmen haben die fatale Eigenart, dass jede Art von Fehler auftreten kann, inklusive falscher Kabelanschlüsse. Ich habe es schon erlebt, dass die Kabel nicht die richtigen Einheiten miteinander verbinden und man die Leistung plötzlich ganz woanders findet als geplant. Als junge Ingenieurin war ich mal nach Schweden gesendet worden, weil dort eine Anlage sehr unstabil lief. Ich suchte ein paar Tage, bis ich feststellte, dass die Messwerte, die die Regelung der Anlage Nummer acht erhielt, tatsächlich aus der Anlage Nummer sieben kamen. Es waren noch weitere Kreuzungen in jenem Verbund und ich brauchte weitere zwei Wochen, bis ich ganz sicher war, nun alle falsch gelegten Kabel in die richtigen Richtungen umgelegt zu haben. Ein zusätzlicher Schwierigkeitsgrad lag darin, dass der Werkleiter dort in Schweden die Erstinstallation der Anlage fünf Jahre früher als Projektleiter betreut hatte und es als persönlichen Affront betrachtete, dass ich gewissermaßen seine Fehler aufdeckte, nicht zuletzt, weil die Anlage ja seitdem ein paar Jahre gelaufen war und lediglich die zugesagten Effizienzen nicht immer eingehalten wurden. Von uns waren deshalb regelmäßig erfahrene Leute dort gewesen, hatten ein paar Einstellungen vorgenommen beziehungsweise verändert und waren wieder abgereist. Man hatte mich nur hingeschickt, weil sonst keiner der erfahrenen Kollegen, der die Anlage zudem schon kannte, verfügbar war. Als ich damals nach vier Wochen Arbeit und Streit die Abnahme-messungen durchführen konnte und die Messergebnisse die zugesicherte Effizienz das erste Mal um fünfzig Prozent überschritten, zweifelte der Werkleiter das Ergebnis erst mal an. Wir führten die Messung noch ein weiteres Mal durch, er achtete persönlich auf jedes Detail im Prozess, und wir verbesserten die Effizienz noch einmal um zehn Prozent. An diesem Abend lud mich der Werkleiter zu sich nach Hause zum Abendessen ein und entschuldigte sich in aller Form vor seiner Familie bei mir. Er bot mir sogar eine Stelle in seinem Werk an, mit besserer Bezahlung und besseren Konditionen. Ich lehnte ab. Sagte ich schon mal, dass mein Job genau das ist, wofür ich geschaffen wurde und ich keinen anderen Job machen möchte? Zuhause hatte dieser Erfolg in Schweden insofern ein Nachspiel, als der Werkleiter einen sehr lobenden Brief an meinen Vor-gesetzten schrieb und ich von dem Vorgesetzten anschließend schwer gerügt wurde, unsere eigenen Fehler aufgedeckt zu haben. Jeder bei uns im Service hätte um diese Fehler gewusst und sie immer zugedeckt. Wissen Sie, wie man sich da fühlt, insbesondere mit diesem Jobangebot noch im Ohr? Naja, ich habe auch diese Krise überstanden und stehe nun da, eine Hand auf dem Not-Aus-Knopf, die andere auf der Einschalttaste und drücke die Taste. Mit lautem Krachen schließt der Hauptschalter, die Lüfter laufen an und die elektronischen Steuerelemente dröhnen los. Das ist genau der Sound, den man hört, wenn sich die maximal mögliche Menge an Elektronen durch die Steuerkanäle presst sprich wenn der maximal mögliche Strom fließt sprich wenn etwas überhaupt nicht in Ordnung ist. Ich presse sofort den Not-Aus-Knopf und trenne die Leistung. Was war das? Joshua sagt ganz gelassen: „Das macht der Schrank schon seit einem Jahr so." Warum erzählt er mir das nicht vorher? Ich nehme mein Messgerät und prüfe die elektronischen Steuerelemente. Diese Prüfung ist zwar nicht sehr genau, einen Totalschaden kann man damit aber feststellen. Und einen Totalschaden haben wir hier auf allen Kanälen. Ich blicke ihn einigermaßen erbittert an. Er zuckt mit den Schultern und sagt: „Wirklich, bei diesem System kenne ich die Reaktion seit einem Jahr nicht anders." – „Welche Systeme hast Du noch im Ärmel mit außergewöhnlichen Reaktionen?" – „Keine, nur dieses hier." Ich wende mich an die Zuschauer und sage: „Das dauert nun ein bisschen, ich muss die Steuerelemente tauschen." Die Produktionsleiterin meldet sich: „Ich war ja eigentlich davon ausgegangen, dass wir heute ..." Freundlicherweise fährt ihr Joshua über den Mund, ehe ich platzen kann: „Wir haben keine Zusage gegeben, dass wir heute die Produktion anfahren können. Wir müssen nun erst die gesamten elektrischen Überprüfungen durchführen und dann können wir eine definitive Zeitzusage machen." Ich hole gerade Luft, um dieser Aussage zu widersprechen, lasse es aber. Ich habe schon gemerkt, dass in diesem

Unternehmen fast niemand mit den anderen am gleichen Strang zieht und verspüre wenig Lust, zwischen irgendwelche Mühlsteine zu geraten. Einer von Joshuas Mitarbeitern hat in der Zwischenzeit drei Schachteln angeschleppt, in denen Ersatzsteuerelemente liegen. Ich sehe, dass diese schon mal eingebaut waren, und prüfe sie sofort. Eines ist defekt, die anderen beiden scheinen in Ordnung zu sein. Der Mitarbeiter geht noch mal los, um ein weiteres Element aus dem Lager zu holen, während ich das defekte mit einem Permanentmarker mit dem Wort „Defekt" versehe. Der Umbau der Steuerelemente dauert etwa drei Stunden, weil die schweren Kupferschienen, die die Elemente mit den Kabeln verbinden, erst demontiert werden müssen. Die Zuschauer verlieren einer nach dem andern die Lust an dem drögen Schauspiel und verschwinden. Die Produktionsleiterin bittet Joshua im Hinausgehen, sie am Abend noch mal anzurufen, ehe er das Werk verlässt. Nachdem der Schaltschrank wieder komplettiert ist, führe ich die Einschaltroutine erneut bis zum Einschalten der Leistung. Dieses Mal bleiben die Steuerelemente lautlos, nachdem ich zugeschaltet habe. Vorsichtig drehe ich die Leistung höher und exakt nach Lehrbuch kommen die Messwerte. Ich fahre den Leistungsbogen einmal durch und schalte ab, wende mich zu Joshua und nicke: „Die erste Anlage läuft wieder so weit." – „Gut, dann lass uns den Hochspannungsschalter für die zweite Anlage mit dem Kontakt ausstatten." Er wendet sich an einen seiner Mitarbeiter und sagt etwas auf Spanisch. Dieser eilt los. Ich sage zu Joshua: „Ich komme mit nach oben. Dann kann ich gleich die visuelle Vorprüfung durchführen." Wir eilen dem Mitarbeiter hinterher.

Während der Mitarbeiter den Kontakt aus dem ersten System zum zweiten System umbaut, blicke ich noch einmal nach allen neuralgischen Punkten und auch zu ein paar weniger neuralgischen. Auf dieser Anlage scheint erheblich mehr im Argen zu sein als gedacht. Ich finde auch tatsächlich noch eine Kleinigkeit, die mich lediglich eine halbe Stunde kostet, sie in Ordnung zu bringen. Ich muss wohl langsam anfangen mit meinem Reisebericht, sonst verliere ich den Überblick. Wieder im Schaltraum angekommen, mache ich auch bei diesem eine Vorprüfung, ehe ich die Einspeiseleistung zuschalten lasse und tatsächlich ist auch hier eine Kleinigkeit nicht in Ordnung, die mich eine weitere Stunde kostet, ehe ich plangemäß weitermachen kann. Wir schaffen das Zuschalten noch an diesem Abend, aber es wird spät und ich bin ziemlich erledigt, als Manuel mich zu meinem Bungalow bringt. Hier setzt schon die Gewöhnung ein und für mich ist es nichts besonderes mehr, dass alles sauber ist und der Kühlschrank gefüllt. Gehen auf diese Weise Beziehungen kaputt? Dass das Besondere am Anfang irgendwann das Gewöhnliche des Alltags ist? Ich bin zu müde, mich mit dieser Frage adäquat zu beschäftigen, dusche und esse, putze mir die Zähne und gehe ins Bett. Ich schlafe sehr schnell ein und wache seltsamerweise nach drei Stunden auf. Ich muss auf die Toilette und lege mich anschließend wieder hin, kann aber nicht mehr einschlafen. Meine Gedanken wandern zu Astrid und sexuelle Erregung erfasst mich beim Gedanken, wie sie reagiert hat und vor allem, wie ich auf sie reagiert habe. Anfänglich liege ich auf dem Bett, spüre das Ziehen in meiner Brust, denke an die perfekten Formen von Astrids Brüsten, und während ich meine eigenen harten Nippel beobachte, die steil in den Himmel ragen, sehe ich vor meinem inneren Auge, wie sich ihre Vorhöfe zusammenziehen, was bei mir Schauer von meinen Brustwarzen bis zum Nabel runter sendet, während ich meine Zitzen melke, und wenn ich meine Scheide berühre, merke ich, dass ich tropfnass bin und dass diese Berührung einen heißen Schauer bis in meinen Oberbauch sendet. Ich hatte Astrid dort nicht berührt, es reichte, an ihrem Nippel zu saugen, um sie hochzukatapultieren und auf den Gipfel zu bringen, fällt mir ein. Tief taucht mein Finger in meine Scheide und tastet nach dem Punkt weit drinnen. Mit Tränen in den Augen stimuliere ich mich, bis die erlösende Entladung kommt und heiße Wellen durch meinen Körper spülen. Kurz nach dem Orgasmus schlafe ich wieder ein, ohne mich im geringsten befriedigt zu fühlen. Soll ich versuchen, Kontakt zu Astrid aufzunehmen, frage ich mich am nächsten Morgen beim Frühstück.

Gegen acht Uhr werde ich von Manuel wieder zur Anlage gefahren, wo ich mich sofort an die Inbetriebnahme des dritten und vierten Systems mache. Am Nachmittag dieses Tages kommen aus Deutschland die Elemente für die Hochspannungsschalter und wir sind den Rest des Nachmittags damit beschäftigt, die Teile einzubauen. Der Sicherheit halber fahre ich die bereits geprüften vier Systeme am Mittwoch Morgen noch einmal durch. Sie funktionieren einwandfrei. Am Mittwoch während des Mittagessens erinnert mich Francesco noch einmal schüchtern an unseren Tanztermin am Abend. Er holt mich gegen achtzehn Uhr am Bungalow ab, das bedeutet, dass ich heute früh Feierabend machen muss. Plötzlich fällt mir ein, dass ich gar kein Kleid dabei habe, abgesehen davon, dass ich gar kein angemessenes Kleid besitze. Sagte ich schon mal, dass ich mich nicht über mein Aussehen definiere? „Francesco, mir fällt da gerade etwas ein. Ich habe kein Kleid." – „Du hast kein Kleid? Wozu brauchst Du ein Kleid?" – „Wenn man zum Tanzen geht – Quatsch, wenn eine Frau zum Tanzen geht, dann zieht sie ein Kleid an. Bei uns ist das so. Und ich habe kein Kleid." – „Clara, das macht nichts. Dann ziehst Du eben etwas an, das Du hast." – „Glaubst Du, ich kann in Jeans, Bluse und Springerstiefeln zum Tanzen gehen?" – „Klar geht das. Außerdem bist Du der Gast aus Übersee und in Übersee sind die alle ein bisschen anders. Du hast also gewissermaßen den Exotenbonus heute Abend." – „Den Exotenbonus, okay, ich werde also auf Exotenbonus reisen." Ich nicke.

Am Nachmittag geht es nicht mehr so recht voran. Das nächste System, das wir uns vornehmen, zickt vom ersten Augenblick. Als Joshua die Leistungsversorgung zuschalten will, hört man zwar das Schnarren des Aufziehautomaten im Schalter, aber das erlösende Rummsen bleibt aus. Nach ein paar vergeblichen Versuchen schlage ich vor, den Schalter zu ziehen und zu überprüfen. Ich habe da den Verdacht, dass ein Endschalter nicht mehr in Ordnung ist. Wobei ich der Vollständigkeit halber gestehen muss, dass ich noch nie so einen Leistungsschalter in den Fingern hatte. Wir versuchen also, den Leistungsschalter aus seiner Fassung zu bekommen, aber er lässt sich nicht rauskurbeln. Gegen vier Uhr streiche ich mit schlechtem Gewissen die Segel. Allerdings sei zu meiner Ehrenrettung ergänzt, dass der Leistungsschalter formal nicht in meinem Serviceumfang steht. Joshua winkt dann auch großzügig ab, als ich ihm mitteile, dass ich für heute Feierabend mache, und sagt: „Ich wollte ohnehin gerade vorschlagen, dass Du für heute Feierabend machst. Wir müssen hier erst einmal unsere Energieverteilung in den Griff bekommen. Bis morgen sollte das Problem gelöst sein. Schönen Abend. Ciao." Manuel bringt mich zum Bungalow, wo ich mich erst mal meiner verschwitzten Arbeitskleidung entledige, dann ausgiebig dusche und mich schließlich mit dem Problem aller Frauen konfrontiert sehe, dass ich nichts mehr anzuziehen habe. Hinsichtlich der Hosen ist meine Auswahl übersichtlich. Ich trage seit dreißig Jahren, also seitdem ich es mir leisten kann, die 501 von Levis, und die auch nur in Blau. Meistens die Stone-Washed, selten die blau gefärbte. Das hat damit zu tun, dass es mir schon mal passiert, dass ich übersehe, dass ich keine Reservehosen mehr habe und dann halt das nehmen muss, was der nächste Jeansladen gerade im Regal liegen hat. Von zerrissenen Hosen halte ich gar nichts. Die Vorstellung, dass jemand meine Haut ohne meinen ausdrücklichen Willen zu sehen bekommt, behagt mir nicht. In Südamerika habe ich eine Stone-Washed und eine Blaue dabei, und nun stehe ich vor dem Kleiderschrank und überlege, welche der beiden ich nehme. Weil davon ja dann abhängt, welche Bluse ich anziehen soll. Ich trage überwiegend weiße Blusen, das heißt, es handelt sich hierbei um weit geschnittene weiße Herrenhemden aus Leinen, die ich en gros einkaufe und dann Stück für Stück auftrage. Ich habe aber auch ein paar Damenblusen, also echte Damenblusen, deren Schnitt meiner Anatomie angepasst ist, und diese Blusen sind dann unifarben und mit Stickereien versehen. Von der Sorte habe ich drei dabei, eine in hellem grün, eine in hellem blau und eine pinkfarbene. Immerhin bin ich eine

Frau. Die pinkfarbene Bluse leuchtet nun nicht in dem knalligen Barbiepuppenpink, das jeden Blindenhund zum warnenden Kläffen animiert, sondern mit einem Touch ins graubraune, ich glaube, man nennt die Farbe altrosa. Die Stickereien sind weiße Ornamente über dem gesamten Brustbereich. Die Knöpfe sind schlichte weiße Knöpfe und die Knopflöcher sind ganz schmal in weiß eingefasst. Ich mag diese Bluse sehr und ziehe sie an, wenn ich mich mal sehr weiblich fühle, und zu einer gut abgetragenen und ausgewaschenen Stone-Washed sieht sie sogar an mir gut aus, finde ich. Und wenn ich dann meine weißen Slipper trage, dann gefalle ich mir fast. Leider habe ich keine weißen Slipper dabei, sondern nur die schwarzen Springerstiefel. Wer denkt denn schon dran, sich während einer Dienstreise als Frau verkleiden zu müssen? Ich ziehe also mein Frauenoutfit an und dazu die schwarzen Stiefel und stelle mich vor den Spiegel. Sie kennen doch diese amerikanischen Monster-Trucks, diese Autos mit den übergroßen Rädern dran. Genau so sehe ich jetzt aus. Es ist zum Schreien. Ich probiere das Gegenprogramm, weißes Leinenhemd, blaue Jeans und meine Stiefel. Damit kann ich nur auf einem Lesbenball aufkreuzen, wenn ich die Männerrolle vertreten will, aber damit kann ich mich nicht von einem Mann zum Tanzen ausführen lassen. Sie merken schon, es ist völlig egal, wie erfolgreich man im Beruf ist oder wie gelassen man das Leben zu nehmen gelernt hat, wenn es um die archaischen Rollenspiele geht, dann fällt jede Frau in die archaischen Rollen- und Problemmuster zurück. Ob meine weiblichen Vorfahren aus der Höhle auch schon so lange gegrübelt hatten, welches Fell sie sich um Brust und Bauch wickeln, ehe sie zum ritualen Feuertanz gingen?

Am Ende entscheide ich mich für die grüne Bluse mit der Stone-Washed und den Springerstiefeln. Die Stickereien auf der grünen Bluse sind sehr dezente Blumenranken in mauve, also wirklich dezent. Das Mauve passt gut zu meinen Haaren und die Bluse zu meinen Augen. Nun bin ich halt ein kanadischer Holzfäller auf Jagdausflug. Ich kann es nicht ändern.

Francesco ist pünktlich und als er mich ansieht, wie ich aus der Tür des Bungalows trete, leuchten seine Augen für einen Moment auf. Aber er tut mir den Gefallen, nichts zu sagen, sondern hält mir lediglich die Tür seines Wagens auf. Er fährt ein schon älteres Modell von Chrysler mit moderater Ausstattung. Kann er sich nichts besseres leisten oder ist er ein bescheidener Mensch? Ich fange schon an, in den gleichen berechnenden Kategorien zu denken wie meine Geschlechtsgenossinnen, wenn sie auf Angeltour sind, stelle ich fest. A pro pos angeln: Passt gut zu meinem Outfit. Nun aber genug der Lästerei.

Ich hatte als Schülerin mal einen Tanzkurs zu absolvieren, um am Abiball teilnehmen zu dürfen. Da ich damals schon meine heutige Länge erreicht hatte, aber noch mit erheblich weniger Weiblichkeit ausgestattet war und vor allem mich überhaupt nicht über mein Aussehen definierte, blieb ich während des gesamten Abiballs auf dem Stuhl sitzen. Noch nicht einmal mein Physiklehrer, der mich als Schülerin immer etwas bevorzugt hatte, schaffte es, einen Anstandstanz mit mir durchzuziehen. Derartige Erlebnisse prägen einen, und wenn man später in einem Beruf wie meinem unterwegs ist, dann schiebt man derartige Erinnerungselemente des menschlichen Lebens bis in den kleinen Zeh runter, dass sie einem nicht den Tag ruinieren. Ich hörte mal einen Mann sagen, dass Tanzen die vertikale Befriedigung horizontaler Bedürfnisse sei. Und mit horizontalen Bedürfnissen in Form von Sex kenne ich mich aus, ich kann mir aber nicht vorstellen, wie man beim Abarbeiten einstudierter Tanzfiguren Erregung empfinden kann, weil es bei Sex zwar auch immer wieder um die Umsetzung gleicher oder ähnlicher Figuren geht, aber die Vielfalt der Empfindungen, die während eines Aktes entstehen können und die aus allen möglichen Sinneswahrnehmungen aufblühen, führen zu immer wieder neuen Ranken und Verzierungen in diesen Figuren. Ich glaube, sonst hätte ich Sex irgendwann aus Langeweile abgeschrieben. Während Francesco also sehr konzentriert und schweigsam seinen Chrysler durch die Abenddämmerung lenkt, versuche ich meine zunehmende Nervosität in den Griff zu bekommen und grüble drüber nach, wann ich das letzte Mal in meinem Leben als weibliche Frau zu einer Veranstaltung geführt wurde, in der die Rollenmuster klar festgelegt sind. Ich kann mich nicht erinnern.

Wie dem auch sei, wir kommen in eine Kleinstadt, bei der die Häuser ein bisschen lieblos verstreut am Straßenrand liegen und biegen irgendwann auf einen Parkplatz vor einem scheunenartigen Gebäude ein. Francesco parkt den Chrysler sorgfältig, stellt den Motor ab und sieht mich an. Plötzlich schießt mir durch den Kopf, dass er mindestens genau so nervös sein könnte wie ich. Und das beruhigt mich total. Ich lächle ihm aufmunternd zu und mit einem leichten Zögern dreht er auch auf seinem Gesicht das Licht an. Ich schiebe die Tür auf und sage: „Dann wollen wir mal." Francesco schreckt auf, steigt hastig aus und eilt um den Wagen herum, um mir die Tür aufzuhalten. Ach ja, Rollenverteilung. Bleib ganz cool, Clara. Ich schwinge also meine in Stone-Washed 501 und Springerstiefel gekleideten langen Beine aus dem Wagen und stehe graziös auf. Und nun wird mir ein Problem klar. Francesco ist kleiner als ich, zwar nur ein paar Zentimeter, aber immerhin. Durch meine hochragende Mähne wirke ich aber noch größer und meine Schultern sind mindestens so breit wie seine. Er trägt einen klassischen schwarzen Anzug mit weißem Hemd mit Biesen und dazu eine dezente einfarbige Krawatte und sieht eigentlich sehr elegant aus. Ich trete vom Auto weg und Francesco schließt die Tür, verriegelt den Wagen mit der Fernbedienung und hält mir seinen Arm hin. Ich hake mich optisch ein und wir beide gehen auf den Eingang zu, wobei ich mich bemühe, nicht in meinen Baustellenschritt zu verfallen. Vor der Tür stehen ein paar ähnlich wie Francesco gekleidete Männer, die mir einen neugierigen Blick zuwerfen und ihn dann begrüßen. Man scheint sich zu kennen und Francesco stellt mir die Männer vor. Wir bleiben ein paar Minuten draußen stehen, während die Männer sich in Spanisch unterhalten. Ich sehe mich um. Der Parkplatz vor dem Gebäude scheint für eine ganze Reihe von um den Parkplatz gelagerten Geschäften für den alltäglichen Einkaufsbedarf angelegt worden zu sein und ist sehr ausgedehnt. Es herrscht noch einigermaßen Abendtrubel vor den Geschäften, Frauen mit Einkaufstaschen hasten hin und her. Und das Gebäude, vor dem wir stehen, scheint wirklich eine ehemalige Scheune zu sein. Die Wände sind mit Holzbrettern verkleidet und die Tür ist einfach gehalten. Über der Tür wurde ein Schild angebracht, auf dem links und rechts je ein elegant gekleidetes Paar in Tanzhaltung abgebildet ist und dazwischen der Text „Tango Club" steht. Die Männer lachen über etwas und Francesco wendet sich von ihnen ab, hält mir wieder seinen Arm hin und wir betreten die Scheune. Innen gibt es nur an der Wand, durch deren Tür wir eben eingetreten sind, ein paar abgeteilte Räume, beim näheren Hinsehen sind es Umkleideräume, Toiletten und Duschen sowie eine Küche. Ansonsten ist der gesamte Raum offen. Der Boden besteht aus Parkett. Rund herum an den Wänden steht eine Reihe von Tischen mit Stühlen, am anderen Ende des Raumes wurde eine kleine Bühne aufgebaut, auf der wahrscheinlich normalerweise Musiker spielen. Heute hat ein DJ seine Anlage dort aufgestellt und ist gerade dabei, den Soundcheck zu machen. Elegant gekleidete Männer in unterschiedlichen Ausstaffierungen und Frauen in Tanzkleidern stehen herum, bewegen sich, reden miteinander. Ich fühle mich wie ein Bär in einem Flamingogehege. Bei unserem Eintreten wenden sich uns einige Leute zu und gehen nach einem kurzen Blick wieder an ihre gerade ausgeübten Beschäftigungen. Die sind aber gut erzogen.

Eine große, schlanke Frau in mintgrünem Ballkleid rauscht heran, was bei ihren hohen Absätzen sicherlich ein schwieriger Akt ist, bei ihr aber so elegant und leicht aussieht, als ginge ich in meinen Springerstiefeln durch den Gatebereich eines Flughafenterminals. Sie trägt ihre schwarzen Haare hoch auftoupiert und hat sich ihr Gesicht sorgfältig geschminkt. In den Ohren stecken teuer aussehende Brillantstecker, an den Fingern hat sie schlichte, aber teuer aussehende Ringe. Sie lächelt und sagt: „Hallo Francesco, Dich hat man ja lange nicht mehr gesehen." – „Hallo Dolores, darf ich Dir Clara vorstellen? Clara, das ist Dolores. Sie ist nebenbei Tanzlehrerin." Er wendet sich wieder der Dame zu und sagt: „Clara ist derzeit bei uns in der Firma. Sie ist deutsche Ingenieurin und kümmert sich um einige unserer Anlagen. Ich dachte, ich zeige ihr mal etwas von argentinischer Lebensart und was eignet sich dazu besser als ein Tangoabend?" Haben Sie es gemerkt? Die beiden sprechen Englisch und Dolores hat Francesco in Englisch begrüßt. Das nenne ich Erziehung und Bildung. „Sie wollte nicht mitkommen, weil sie natürlich kein Kleid dabeihat, aber ich habe sie überredet." Dolores lässt ihren Blick über mich wandern und schafft es, nicht abschätzig auszusehen. Sie reicht mir ihre Hand und sagt: „Willkommen im Tango-Club. Das macht überhaupt nichts, dass Sie kein Ballkleid haben. Sie sehen bezaubernd aus. Haben Sie schon einmal Tango getanzt?" Sie ergreift mich beim Arm und sagt zu Francesco: „Du erlaubst doch, dass ich Dir Deine bezaubernde Partnerin erst mal entführe und sie ein bisschen vorstelle?" Die Antwort gar nicht abwartend, dirigiert sie mich zu einer Gruppe von Frauen, die zusammenstehen und plaudern. Dolores stellt mich den Frauen vor, die allesamt hinsichtlich Aussehen, Bekleidung und Schmuck aus der selben Ecke dieser Welt kommen. Wohin hat Francesco mich da geschleppt? Ehe ich es mich versehe, bin ich in ein Gespräch eingebunden. Für diese Damen bin ich wahrscheinlich etwas so exklusives wie sie für mich, und sie sind viel zu gut erzogen, um mich ihre soziale Überlegenheit spüren zu lassen. Dolores, die mich eine Weile alleine gelassen hatte, kommt nun zurück und fragt mich noch einmal, ob ich schon mal Tango getanzt habe. Da ich verneine, greift sie mich bei der Hand und führt mich etwas beiseite. Dort erklärt sie mir etwas zur Geschichte des Tango. Insbesondere der emotionale Teil, der mit dem verschmähten Liebhaber und dem daraus resultierenden Schmerz, der sich in der Musik des Tangos verewigt hat und im Tanz seinen immerwährenden Ausdruck findet, ist ihr wichtig mir mitzuteilen. Dann zeigt sie mir die Schritte, betont immer wieder, dass Tango sehr leidenschaftlich ist und dass diese Leidenschaft sich den Tanzenden mitteile. Just in diesem Moment setzt die Musik ein und sie nimmt meine Hand und schleppt mich auf den Tanzboden. Dort umgreift sie mich in Tänzerpose, wobei sie selbst die Rolle des Mannes übernimmt, und führt mich in die Schrittfolge ein. Anfangs fühle ich mich maßlos gehemmt. Stellen Sie sich vor, meine Körpergröße, meine rote Mähne, die wie ein Buschfeuer über den Köpfen der Tanzenden prasselt, mein holzfällerisches Outfit in all der Eleganz um mich herum – mein berufliches Selbstvertrauen ist ungefähr so maßlos wie meine Gehemmtheit in allen anderen sozialen Bereichen des Lebens. Aber nach einer Weile gibt sich das. Dolores fühlt sich gut an in meinen Armen, ich habe ihren Duft in der Nase, ein Gemisch aus einem wahrscheinlich sehr teuren Parfüm und ein bisschen Eigengeruch, den ich auch gerne leiden mag, und sie führt mich zielbewusst und gleichzeitig zurückhaltend in diesem Tanz, dessen Schritte tatsächlich vermögen, Leidenschaft zu erwecken. Meine aufkeimende Erregung ist mir fast peinlich, insbesondere, weil Dolores' Kopf so dicht an meiner Brust ist, trotz hochhackiger Schuhe ihrerseits überrage ich sie ganz mächtig. Sie bleibt ganz gelassen, führt mich, gibt mir mit leiser Stimme Anweisungen, welchen Teil des Körpers ich wie bewegen soll, und als ich einmal nach unten in ihre Augen blicke, sehe ich dort ein Glitzern, das fast nicht mehr misszuverstehen ist. Sie streicht mit ihrer Schulter wie zufällig über meine Brust, deren Brustwarze schon wieder gegen den BH drückt, und ein leises Lächeln huscht für einen ganz kurzen Augenblick über ihr Gesicht. Vertikale Befriedigung horizontaler Bedürfnisse, was? Ihr Oberschenkel streicht während des nächsten Schrittes über die Innenseite meines Schenkels und ich werde gewahr, dass eines ihrer Beine zwischen meinen Beinen tanzt; mein Unterleib beginnt, Wärme auszustrahlen. Und der Tango ist eine Folge schneller und langsamer Schritte, biegsamer Figuren und jeder Menge Körperkontakt. Während ich spüre, wie mein Atem schwerer wird, bleibt Dolores' Atem leicht und beschwingt und sie gibt mir immer noch Anweisungen, welche Bewegung gerade die richtige ist. Gerade als mir der Gedanke durch den Kopf schießt, dass ich ewig so weitertanzen könnte, hört die Musik auf zu spielen. Wir öffnen unsere Stellung, drehen uns der Musikquelle zu und klatschen, alles von Dolores moderiert. Als der Applaus abklingt, sagt sie leise zu mir: „Sie sind ein Naturtalent für den Tango, meine Liebe, und ich würde später gerne noch einmal mit Ihnen tanzen. Vielen Dank." Sie verbeugt sich leicht und führt mich von der Tanzfläche zu Francesco, der bei einem anderen Mann steht und mit ihm plaudert. Dort übergibt sie mich ihm und sagt im Weggehen: „Francesco, Ihre Begleiterin ist ein Naturtalent für den Tango. Ich beglückwünsche Sie." Mir ist noch ganz schwindlig. Vom Tanz oder vom Sex?

Als die Musik wieder einsetzt, führt Francesco mich auf die Tanzfläche. Wir nehmen die Tangopose ein und er führt mich in die Schrittfolgen. Francesco fehlt Dolores' Leichtigkeit, aber er führt mich als Mann; er ist in etwa so groß wie Dolores in ihren hochhackigen Schuhen. Ich brauche eine Weile, um mein inneres Selbstverständnis von Dolores' weiblichen Duft auf seinen männlichen, kaum durch ein Rasierwasser verfremdeten Geruch umzustellen. Außerdem gibt mir Francesco keine Anweisungen, ich merke aber, wie er versucht, seine Bewegungen an meine anzupassen, was bei gleichzeitiger Führung im Tanz ein ganz eigentümliches Gefühl gibt. Wissen Sie, wenn in einem Projekt zwei gleichberechtigte Projektleiter sind und dann immer wieder gegensätzliche Vorgaben entstehen bei dem Versuch, ein gemeinsames Ziel zu erreichen, dann gibt es bisweilen Kuddelmuddel im Projekt, und ebenso fühle ich mich gerade mit Francesco. Ich stoppe daher mitten im Tanz und sage zu ihm: „Francesco, Du musst mir sagen, wie ich tanzen soll. Dann funktioniert das besser." Er nickt und wir setzen wieder ein. Francesco ist nun kein Tanzlehrer und wahrscheinlich nicht gewohnt, einen unablässigen Strom von Worten von sich zu geben, aber es funktioniert nun besser und ich kann mich freier bewegen. Klingt das nun absurd? Ich stelle fest, dass ich es mag, von ihm gehalten zu werden. Ich stelle mir für einen Augenblick vor, dass er wahrscheinlich auch als Liebhaber sehr rücksichtsvoll ist und versucht, auf den Partner einzugehen. Ich registriere, dass wir beide langsam in eine gemeinsame Schwingung kommen. Die Musik endet, wir bleiben aber auf der Tanzfläche stehen und warten auf den nächsten Einsatz. Vielleicht hat Dolores Recht und ich habe tatsächlich Talent zum Tangotanzen, jedenfalls macht es mir Spaß und ich fühle mich sehr wohl in Francescos Armen. Allerdings wird mir langsam warm. Ich beginne zu verstehen, warum Frauen so offenherzige Ballkleider tragen. Warum allerdings die Männer ihre Anzugjacketts nicht ausziehen, das wundert mich massiv. Denen muss doch noch heißer sein als mir.

Nach diesem Tanz führt mich Francesco an einen Tisch und bedankt sich bei mir. Dann setzen wir uns, eine Serviererin kommt herbei und wir bestellen etwas zu trinken.

Ich bekomme an diesem Abend nicht viel Ruhe. Ich bin der Paradiesvogel hier und ein Mann nach dem anderen fordert mich auf und ich stelle fest, dass es hier ebenso wie beim Sex sehr unterschiedliche Kategorien von Tanzpartnern gibt. Der wesentliche Unterschied besteht wahrscheinlich darin, dass es beim Tanzen als ungehörig gilt, einem auffordernden Mann eine Absage zu geben. Nicht jeder Mann riecht gut für mein Organ, und nicht jeder Mann fühlt sich gut an für mich und nicht jeder Mann benimmt sich rücksichtsvoll. Dann bringt man den Tanz hinter sich und fertig, und wenn es zu schlimm wird, dann latscht man seinem Tanzpartner mal auf die Füße und bremst ihn solcherart aus. Francesco fordert mich noch ein paar Mal auf und jeder Tanz mit ihm gefällt mir besser. Mir wird bewusst, dass der Tango mit ihm ebenso wie die Gespräche mit ihm während unserer Mittagspausen etwas angenehmes hat. Aber sexuelle Erregung spüre ich keine, während wir miteinander die leidenschaftlichen Figuren des Tangos tanzen.

Kurz vor Mitternacht kommt Dolores zu mir und bittet mich, ihr den letzten Tanz des Abends zu gewähren. Sie führt mich auf die Tanzfläche. Ich bin mittlerweile ziemlich geschafft und am meisten bin ich froh um meine Springerstiefel, bei denen ich auch nach stundenlangem Marsch noch nie Blasen hatte. Die Musik setzt ein, sie umfängt mich und wir fangen an zu schweben. Ihre Anweisungen kommen nun seltener, ich scheine etwas gelernt zu haben. Nach einer Weile reagiere ich wieder auf sie, auf ihren leichten Körper in meinem Arm, auf ihren Duft, der wie am Anfang eine Mischung aus ihrem Parfüm und ihrem Eigengeruch ist. Dolores nimmt meinen sexuellen Zustand sofort wahr. Ein leises Lächeln huscht über ihr Gesicht und ihre Bewegungen werden offensiver. Ihre Augen glitzern und ihre Stimme wird einen Touch rauer. Ihr Bein zwischen meinen Beinen vollführt eindeutige Bewegungen, meine Scham fängt an zu brennen. Meine Brustwarzen pochen gegen den BH, während ihre Schultern unablässig darüber streichen. Und gleichzeitig sieht sie nach außen völlig entspannt und beschwingt vom Tanzen aus. Wenn das hier noch lange so weitergeht, dann treibt sie mich aber ganz nach oben. Ich zögere einen kurzen Moment, unterbreche den sinnlichen Strom zwischen uns beiden. Dolores registriert auch dies sofort. Sie nickt kaum wahrnehmbar und führt mich weiter, bleibt aber auf einer körperlich neutraleren Ebene. Mir schießt das Erlebnis mit Astrid kurz durch den Kopf und ich frage mich, ob ich tatsächlich eine Lesbe bin. Dieser Gedanke verwirrt mich derart, dass ich stolpere und wahrscheinlich Dolores nur aus dem Grund nicht auf die Zehen latsche, weil sie eine Tanzlehrerin ist und derartige Entwicklungen schon in einem sehr frühen Stadium voraussieht. Sie stoppt, sieht mich an und sagt: „Sie sind wahrscheinlich sehr erschöpft. Ich habe Sie den ganzen Abend beobachtet und gesehen, dass Sie kaum eine Pause hatten. Sie haben aber wirklich ein großes Talent für den Tango. Vielen Dank für den letzten Tanz." Dann führt sie mich an der Hand von der Tanzfläche. Wir bleiben am Rand der Fläche stehen und sehen den Tänzern noch eine Weile schweigend zu, bis die Musik geendet hat. Ich bemerke bei einigen Paaren tranceartige Zustände, während andere sich hölzern und unbeteiligt von der Fläche herunter begeben. Mir wird bewusst, dass Dolores immer noch meine Finger umfasst hat. Sie zieht mich etwas zu sich herunter und sagt leise: „Ich hoffe, wir sehen uns wieder einmal. Wie lange sind Sie noch hier?" – „Mein Auftrag geht noch über mindestens zweieinhalb Wochen und es ist auch noch sehr viel Arbeit zu erledigen. Das heißt, ich bin auf jeden Fall noch zweieinhalb Wochen hier." – „Haben Sie eine Telefonnummer, unter der ich Sie erreichen kann?" Ich gebe ihr meine Mobilnummer und sie holt aus einer versteckten Tasche ihres Kleides – Wahnsinn, ich hätte jeden Eid geschworen, dass man in diesem Teil nichts verstecken kann – ein kleines Mobiltelefon und speichert meinen Namen und meine Nummer ein. Dann drückt sie noch einmal meine Hand und verabschiedet sich. Francesco kommt gerade auf mich zu, sein Gesicht sieht sehr fröhlich aus, wenn er sagt: „So, dann bringe ich Dich nach Hause. Hat es Dir gefallen?" – „Ich habe gerade eine ganz neue Seite Leben aufgeschlagen, denke ich." Wir lachen beide erleichtert und solcherart redend, machen wir uns auf den Weg zu seinem Wagen.

Ich bin am nächsten Morgen sehr müde, wenn Manuel mich abholt. Ich hatte mich nach der Ankunft im Bungalow entkleidet und mir die Zähne geputzt, ehe ich ins Bett fiel, aber in meinem Kopf hallten die Tangoklänge noch nach und in meiner Nase war ein Gemisch aus Dolores und Francesco. Ich stand nach einer Stunde auf und duschte mich sehr heiß und ausgiebig, spülte auch meine Nase und putzte mir noch einmal die Zähne. Ich habe normalerweise wenig Schlafschwierigkeiten, von daher verwunderte mich diese neue Erfahrung. Wir fahren zur Anlage und ich setze in meinem Programm fort. Die Müdigkeit mag auch der Grund dafür sein, dass ich einen ganzen Vormittag brauche, ehe ich die Ausfallursache für den Leistungsschalter verstehe. Joshua hatte am Vorabend nach meiner Verabschiedung noch eine Weile mit seiner Truppe versucht, den Leistungsschalter zum Laufen zu bringen. Eigentlich gehört der Schalter ja nicht zu meinem Aufgabenumfang, aber wie schon gesagt, ich mache vor nichts Halt und untersuchte ihn wie selbstverständlich auf seinen Mangel. Der Vorteil von Technik besteht darin, dass sie nicht lügt und wenn da ein Fehler ist, dann gibt es eine Ursache, die man finden kann. Das ist für die Ärzte schon etwas schwieriger, wenn sie sich auf die Aussagen ihres Patienten verlassen müssen, was, wo und überhaupt an Schmerzen vorhanden sind. Wie dem auch sei, ich suche für meine Verhältnisse sehr lang, bis mir klar ist, warum der Schalter nicht auslöst. Es ist eine rein mechanische Komponente, bei der ein Elektromotor eine Feder spannt (das Schnarrgeräusch) und nach Erreichen einer bestimmten Federspannung öffnet eine Sperrklinke und die Feder drückt das Kontaktmesser mit einer bestimmten Geschwindigkeit und damit Energie in die Gegenkontakte, solcherart sicherstellend, dass nicht durch einen hohen Einschaltstrom die Kontakte verbrennen, ehe genügend Fläche für den Stromfluss vorhanden ist. Diese Sperrklinke ist etwas raugängig, weil schon sehr betagt. Ein Tropfen Öl tut Wunder und endlich können wir mit der eigentlichen Arbeit fortfahren. Nachdem ich dieses Problem mit dem Leistungsschalter gelöst habe – ich bin nicht sonderlich zufrieden mit mir, weil ich dafür ziemlich lange brauchte – halten Joshuas Leute mich offenbar für so etwas wie einen Elektrogott und die Geschichte verbreitet sich im Werk. Francesco spricht mich einen Tag später beim Mittagessen mit einem Schmunzeln im Gesicht darauf an und es ist mir fast peinlich, für diese lächerliche Sache bewundert zu werden.

Mit der geölten Sperrklinke im Leistungsschalter sind die Probleme an dem System noch nicht beseitigt. Es zeigt beim Einschalten und Hochfahren der Leistung eine völlig atypische Strom-Spannungs-Beziehung und ich muss mich wieder auf die Suche machen. Atypische Strom-Spannungs-Beziehung bedeutet in diesem Fall, dass eigentlich nahezu proportional zur Erhöhung der Spannung sich auch der Strom erhöhen sollte. Das geschieht aber nicht. Der Strom bleibt so niedrig, dass die Anzeige auf dem Bildschirm immer nur zwischen „0" und „1" flackert. Diese Anzeige stelle ich auf der primären und auf der sekundären Seite des Systems fest. Um sicher zu sein, dass ich nicht mit einem Ausfall zweier Messkanäle zu tun habe, nehme ich meine Strommesszange und überprüfe den Stromfluss. Auch die Strommesszange zeigt nur ganz niedrige Werte. Ich drehe die Spannung höher und der Stromfluss steigt etwas an, bleibt aber immer noch ganz niedrig. Primärseitig fließt wohl nur so viel Strom, wie in der Hochspannungseinheit an Verlusten anfallen. Unterbrechung im Sekundärkreis. Ich schalte das System ab und gehe aufs Dach. Dort öffne ich den Anschlusskasten und beginne zu suchen, werde nach kurzer Zeit fündig. Einer der Resistoren ist ausgebrannt. Ich frage Joshua nach Ersatz und er schickt einen seiner Leute los. Es handelt sich um spezielle Resistoren und ich habe wenig Hoffnung, dass man hier am Ende der Welt gerade diese Typen und Werte auf Lager hat. Diese Annahme sehe ich nach ein paar Stunden bestätigt, als man sogar über das Internet versucht hat, ob vielleicht in Buenos Aires in einem Elektronik-Shop so etwas verfügbar sei. Die nächste Komponente, die Francesco per Eilauftrag in Deutschland anfordert. Währenddessen gehe ich in die Werkstatt und lasse mir von Joshua zeigen, was sie alles haben in ihrem Lager für Resistoren. Dann bastle ich mir aus allen möglichen Bauteilen ein Netzwerk, das am Ende die Anforderungen des Systems erfüllt. Ich umwickle dieses Netzwerk noch mit Klebeband und wir eilen aufs Dach zurück, um den provisorischen Resistor einzubauen. Beim nächsten Einschalten des Systems zeigt sich dieses unverändert stur und will nicht funktionieren. Ich schalte ab und führe diverse Messungen durch. Scheinbar ist innerhalb des hermetisch verschlossenen, mit Öl gefülltem Kessel für die Hochspannungseinheit etwas zerstört worden. In diesem Moment nehme ich etwas wahr, was seit Tagen über meine Netzhaut huschte, aber bei mir nichts getriggert hat: Ein Schweißer steht auf einer Laufplanke in der Nähe von mir, in der Hand den Halter für die Elektroden, und brät mit einem grellen Lichtbogen an einem Stück Stahl herum. Von dem Halter für die Elektrode schlängelt sich ein dickes schwarzes Kabel über das Geländer nach unten. Ich blicke dem Kabel hinterher und sehe einen großen Schweißkonverter am Fuß der stählernen Tragekonstruktion stehen, das Massekabel des Konverters ist an einer Schraube dort unten am Fuß angeklemmt. Ich winke Joshua heran, zeige auf diesen Verbrecher und sage: „Wieso schweißt dieser Mann hier?

Und wieso hat er seine Masse nicht direkt an der Schweißstelle angeklemmt? Der zernagelt uns hier alle Elektroniken, so schnell können wir gar nicht reparieren." Joshua blickt mich verständnislos an. „Bevor man anfängt zu schweißen, sind alle Elektroniken abzuklemmen. So steht es im Handbuch." Nun kapiert er. Er springt geradezu zu dem Schweißer und klopft ihm auf die Schulter. Der unterbricht seine Arbeit, klappt den Schirm hoch und Joshua spricht ihn in Spanisch an. Die beiden diskutieren und endlich gibt der Schweißer auf, nicht ohne mir vorher einen wütenden Blick zugeworfen zu haben. Joshua kommt zurück und ich sage ihm: „Gut, und nun kannst Du einen Kran besorgen, weil wir die Hochspannungseinheit vom Dach holen müssen. Dann muss sie geöffnet werden und wir können nur zur Mutter Maria beten, dass wir den Schaden mit Bordmitteln reparieren können. Sonst brauchen wir Ersatzteile aus Deutschland und die müssen dort erst gefertigt werden." Ich ergänze noch: „Und ich gehe jetzt zum Mittagessen. Es ist ohnehin gerade Zeit."

Als ich in die Kantine komme, ist Francesco schon da. Ich nehme mir das Essen und setze mich zu ihm an den Tisch. Er begrüßt mich: „Na, wie geht es Dir?" – „Ich war ziemlich müde heute Morgen und meine Beine schmerzen etwas, aber ansonsten gut. Und Dir?" – „Das war sehr schön gestern Abend. Und Du kannst tanzen. Dolores meint, Du seist ein Naturtalent." – „Ich fühle mich eher wie ein Tanzbär." Wir lachen beide und beginnen zu essen.

Am Nachmittag ist der Kran vor Ort und wir können die Einheit vom Dach heben. Man muss ich das so vorstellen, dass die Einheit etwa drei Tonnen wiegt und der Kran, um sie erreichen zu können, über ein paar Torbrücken hinweg reichen muss. Darum muss der Kran eine nominale Tragfähigkeit von zweihundert Tonnen haben, um an der Auslegerspitze bei dem notwendigen Auslegerwinkel noch drei Tonnen liften zu können. Es dauert natürlich, bis dieser Mobilkran in Position ist und die Einheit endlich am Haken hat. Er lädt sie direkt auf einen LKW, der sie zur Werkstatt bringt. Ich habe zu Joshua gesagt, dass wir eine Werkstatt mit Kran benötigen, um die Einheit öffnen zu können. Als ich die geräumige Halle betrete, blicke ich zur Decke und kann keinen Kran sehen. Ich bemerke dies gegenüber Joshua. Er lacht wieder sein strahlendes Lachen und weist auf den Hydraulikkran, der auf dem LKW aufgebaut ist. Nun beginnt der LKW-Fahrer zu lachen und sagt etwas auf Spanisch zu Joshua. Dieser lacht wieder und sagt: „Der LKW-Fahrer sagt gerade, dass sein Kran seit zehn Jahren kaputt ist." – „Was nun?" Ein Mitarbeiter von Joshua spricht diesen an. Die beiden fallen in einen schnellen spanischen Dialog, bei dem mir nichts anderes übrigbleibt, als geduldig zu warten. Endlich wendet sich Joshua an mich und sagt: „Draußen, ungefähr einen Kilometer von hier, gibt es eine Transformatorenwerkstatt. Die haben auch einen Kran und die ganze Anlage, um das Öl aufzubereiten." – „Dann bringen wir die Einheit eben zu der Werkstatt." – „Tja, das ist nicht so einfach. Es darf nämlich nichts von hier nach draußen transportiert werden. Werksregel." – „Wie lasst Ihr dann größere Geräte reparieren, die Ihr hier im Werk nicht bearbeiten könnt?" Joshua zuckt lachend mit den Schultern. Wir stehen alle ein bisschen ratlos rum, bis Joshua sagt: „Clara, Du machst für heute Feierabend. Ich kläre das mit der Trans-formatorenwerkstatt und wie wir die Einheit aus dem

Werk raus dahin verfrachten können." Er ruft Manuel an und dieser bringt mich zu meinem Bungalow.

Ich war zwar sehr müde heute, aber die Arbeit ist mir in meiner derzeitigen Verfassung lieber als lange Abende, an denen ich im Prinzip nicht viel anfangen kann. Ich habe zwar meinen Reader und auch immer genügend Lesestoff, aber auf die Dauer stellt mich das nicht sonderlich zufrieden. Heute Abend gehe ich duschen, mache mir ein Abendessen und lege mich schlafen. Überraschenderweise schlafe ich durch bis zum nächsten Morgen und fühle mich dann ausgeschlafen und erfrischt. Als ich ins Werk komme, erfahre ich von Joshua, dass er die Papiere für den Raustransport immer noch nicht hat, weil der Mann, der sie unterschreiben müsste, sich noch nicht sicher ist, ob er die Aktion genehmigen will. Wir warten noch bis kurz vor dem Mittagessen, dann sagt Joshua plötzlich: „Ich habe es satt. Wir fahren die Einheit jetzt einfach raus. Sollen sie mich rausschmeißen, aber ich habe das Theater satt." Er ruft den LKW-Fahrer an, dass dieser kommen soll. Er instruiert ihn und der LKW fährt los in Richtung Haupttor. Joshua und ich setzen uns in sein Auto und fahren ebenfalls zum Haupttor. Dort fährt Joshua zur Schranke, die sich hebt. Wir fahren durch und Joshua stellt den Wagen ab. Dann geht er zurück zur Pförtnerkabine und betritt diese. Ich kann durch das Panoramafenster sehen, wie der Pförtner und Joshua erregt diskutieren. Derweil kommt der LKW angefahren und rollt vor der Schranke langsam aus. Plötzlich hebt sich diese, der LKW fährt durch und die Schranke schließt wieder. Ich sehe, wie Joshua dem Pförtner zuwinkt und wieder zum Auto zurückkommt. Er steigt ein, startet den Motor und fährt langsam los, lässt den LKW aufholen und lotst ihn durch ein paar Straßen bis vor ein Werkstor, das sich bei unserer Ankunft öffnet. Wir fahren rein und ich sehe die typischen Ensemble einer Transformatorenwerkstatt. Ausgeweidete Kessel, zerstörte Spulen, zerfledderte Schichtkerne, Drahttrommeln und Ölfässer stehen und liegen auf dem Hof verstreut. Besonders Vertrauen erweckend sieht das alles nicht aus. Joshua blickt mich fragend an. Vielleicht spürt er meine Vorbehalte, aber was bleibt uns übrig? Wir verlassen das Auto und gehen auf einen Container zu, der mit „Oficina" beschriftet ist. Bei unserer Annäherung öffnet sich die Tür und ein ziemlich beleibter Mann mit grauen Haaren und großem Schnurrbart tritt heraus. Er begrüßt Joshua und mich, mustert mich neugierig. Er muss dabei nach oben blicken. Er wendet sich gleich wieder Joshua zu. Die beiden verhandeln in schnellem Spanisch, wobei Joshua immer wieder auf mich deutet und der Mann mir dann wieder einen neugierigen Blick zuwirft. Ich versuche, unbeteiligt zu wirken. Nach einer langen Verhandlung zückt der Mann sein Telefon und ruft jemanden an. Dieser Jemand stellt sich als sein Mitarbeiter raus, der offenbar in der Halle, die zu dem Anwesen gehört, am Arbeiten ist und jetzt eines der Tore aufschiebt. Dann springt drinnen ein Dieselmotor an und ein LKW rollt langsam aus der Halle. Er fährt neben unseren LKW, der die Hochspannungseinheit geladen hat. Ich blicke verwundert auf Joshua, weil ich noch nicht verstehe, was aus der ganzen Aktion werden soll. Joshua erklärt mir: „Die haben hier auch keinen Hallenkran, aber der auf den LKW aufgebaute Hydraulikkran funktioniert zumindest. Nun laden wir die Einheit um auf deren LKW und bringen sie in die Halle. Dort entladen wir sie und dann kannst Du sie öffnen." Man muss sich nur zu helfen wissen, denke ich. Die ganze Umladerei dauert dann fast zwei Stunden, weil der Kran auf dem LKW die drei Tonnen gerade eben zu heben vermag und es am Ende eine ziemliche Murkserei wird, bei der mir angst und bange wird um die Hochspannungseinheit. Ich muss immer wieder an mich halten, um nicht einzugreifen. Endlich ist die Verbringung abgeschlossen, die Hochspannungseinheit steht in der Halle auf dem Boden, wir können etwas Öl ablassen, damit beim Öffnen des Deckels nicht das Öl oben über den Flansch schwappt. Ein Mitarbeiter der Werkstatt öffnet derweil die Flanschschrauben, dann müssen wir noch die Klebedichtung aufbrechen. Endlich können wir den Deckel mit der angebauten Elektronik anheben. Es gibt Dinge, die werde ich in meinem ganzen Leben nicht emotionslos hinnehmen können, und dazu gehört unter anderem, wenn von diesen Hochspannungseinheiten der Deckel angehoben wird, dieses Staunen, wenn das Öl aus den Komponenten rausläuft und sich die Einheit gewissermaßen aus dem Öl erhebt wie Phönix aus der Asche. Wahrscheinlich können Sie mich an dieser Stelle nicht verstehen, aber dieses Staunen überkommt mich auch jetzt. Natürlich bin ich neugierig auf den Fehler beziehungsweise ich habe so eine Ahnung, was es sein könnte, und warte nun ungeduldig, an die Fehlerstelle ranzukommen. Als die Einheit auf halber Höhe steht, winke ich, den Lift anzuhalten. Ich tauche den Finger ins Öl und schnuppere daran. Es riecht nur nach Isolieröl, ein leicht stechender, ansonsten schwerer Geruch. Wenn im Öl Teile thermisch zersetzt sind, dann teilt sich dies oft durch einen Geruch mit, der mich immer an in viel zu heißem Öl gebackene Pommes Frites erinnert und bei dem wahrscheinlich die Moleküle, die diesen Geruch verursachen, höllisch Krebs erregend sind. Aber diesen Geruch kann ich gar nicht feststellen. Ich berühre ein paar Komponenten vorsichtig, aber alles scheint ganz und fest zu sein. Hm, das ist wohl nicht ganz so einfach. Da fällt mir auf, dass eine der Verbindungsleitungen, die mit einer Schlauchisolierung ausgestattet ist – normalerweise werden bei uns unter Öl immer alle elektrischen Verbindungen entweder ohne Isolierung oder mit Papier umwickelt eingebaut – eine komische Form hat. Ich berühre die Leitung und sie fühlt sich an wie ein Stück Silikonschlauch ohne Inhalt oder wie ein ausgerolltes Kondom. Ich zupfe daran und der Schlauch dehnt sich in Längsrichtung. Wenn in dem Schlauch die Kupferlitze noch drin wäre, die da mal drin war, dann hätte ich nicht genügend Kraft, den Schlauch in Längsrichtung zu dehnen. Ich beschließe, dieses Stück elektrischer Verbindung auszubauen. Ich bitte Joshua um zwei Sieben-millimetermaulschlüssel, die dieser bei dem Werkstatt-mitarbeiter anfordert, dann öffne ich die Anschluss-schrauben. Es ist ein höllisches Gefummel, vor allem, wenn man nicht ordentlich rankommt, weil die Verbindung in der Produktion vor der Endmontage eingesetzt wird, und der Schweiß läuft mir den Rücken runter, ehe ich die beiden kleinen Schrauben gelöst habe. Man muss auch sehr aufpassen, denn jedes noch so kleine Metallteil, das einem entgleitet und in die Konstruktion fällt, muss wieder entfernt werden, weil Hochspannung nichts verzeiht, und ich habe schon ganze Tage damit verbracht, so kleine Unterlegscheiben oder Muttern wieder auszugraben, die mir aus den Fingern geglitten waren. Ich beuge mich tief hinein in die Einheit und eine Haarsträhne fällt mir ins Gesicht, gleichzeitig kommt von oben unter dem Deckel ein Öltropfen und fällt mir ins Haar. Bleistiftkurz, wenn ich wieder zuhause bin. Versprochen.

Nachdem ich die demontierte Verbindungsleitung vorsichtig herausgeholt habe, ziehe ich an den Enden und der Schlauch dehnt sich. Ich taste den Schlauch ab, da ist keine Kupferlitze mehr drin. Hier muss ein extrem hoher Strom geflossen sein, der die Litze blitzartig verdampfen ließ, so schnell, dass noch nicht einmal Zeit war, dass der Silikonschlauch Schaden nahm. Ich lasse jedenfalls eine Ölprobe nehmen und diese auf Durchschlagsfestigkeit prüfen. Diese Isolierflüssigkeiten haben im guten Zustand Durchschlagsfestigkeiten bis zu dreihunderttausend Volt pro Zentimeter, aber die geringste Verunreinigung reduziert diesen Wert massiv. Dieser Test ist also ein zwar einfacher, aber sehr aussagekräftiger Test über den Zustand des Öls. Der Wert ist gut, das Kupfer scheint also nicht in Mikrotropfenform ins Öl gegangen zu sein. Was kann zu diesem Fehler geführt haben? Ganz klar, der Schweißer. Ich zeige Joshua die zerstörte Leitung und erkläre ihm, wie es durch das Schweißen an den Gehäusen zu dem Schaden gekommen sein kann. Er meint, dass die Schweißer sehr faule Männer seien und sich wahrscheinlich nicht um die Verbote scheren werden.

Wir erklären dem Werkstattmitarbeiter, was wir als Ersatz für die zerstörte Leitung einbauen wollen und er macht sich auf die Suche, kommt nach einer Weile mit etwas an, was mir auf den ersten Blick überhaupt nicht gefällt, für das ich mich aber nach längerem Überlegen entscheide. Nebenbei: Welche Wahl habe ich denn? Hier ist Improvisation gefragt.

Nach zwei weiterer Stunden voller Improvisations-maßnahmen sind wir so weit, dass wir die Hochspannungs-einheit wieder ins Werk transportieren können. Der Rück-transport ist problemlos, das Reinbringen von Gütern unterliegt offenbar keiner Kontrolle. Es ist Abend geworden und wir beschließen, am nächsten Tag weiterzumachen. Ich will auch unter die Dusche, weil meine ölverklebten Haare sich unangenehm anfühlen.

Ich sitze gerade beim Abendessen, als mein Telefon seinen Klingelton abspielt. Ich melde mich und Dolores antwortet: „Hallo Clara, hier ist Dolores. Störe ich Dich?" – „Hallo, guten Abend, Dolores. Nein, Du störst mich nicht. Ich sitze gerade beim Abendessen." – „Soll ich später noch mal anrufen?" – „Nein nein, es ist schon okay. Es ist schön, dass Du anrufst." – „Hat Dir der Tangoabend gefallen?" – „Er hat mir viel besser gefallen, als ich erst angenommen hatte. Ich bin keine Tänzerin und mich von jemanden führen zu lassen, ist für mich völlig ungewohnt." – „Oh, Du hast ein großes Talent, gerade der Tango ist sehr leidenschaftlich und Du hast jede Menge Leidenschaft in Dir. Ich würde Dich gerne mal zu mir einladen für ein kleines Abendessen. Dann können wir ausgiebig plaudern. Wann hast Du denn Zeit?" – „Jeden Abend. Ich hänge hier nach Feierabend in der Wohnung rum." – „Ach Du Arme, das muss ja schrecklich langweilig sein. Was hältst Du denn davon, morgen Abend bei mir? Ich hole Dich ab. Du wohnst doch sicherlich in dieser Wohnanlage, die zu dem Werk gehört." – „Ja, genau, da wohne ich. Wann morgen Abend?" – „Ich hole Dich gegen achtzehn Uhr ab, wenn Dir das passt." – „Ja klar." – „Oh, ich freue mich schon. Dann bis morgen Abend. Ciao, Clara." – „Ciao, Dolores."

Der nächste Tag ist geprägt von der Installation und Inbetriebnahme des Systems mit der reparierten Hochspannungseinheit. Es wird Abend, ehe ich wirklich zufrieden bin und ich merke, dass die Leute langsam müde werden, auf meine Pingeligkeiten einzugehen. Aber Joshua steht immer noch hinter mir, er scheint zu verstehen, warum ich mich nicht mit Halbheiten zufrieden geben will. Ich spreche ihn während einer ruhigeren Minute, in der er nicht vom Telefon drangsaliert wird und seine Mitarbeiter gerade einen Kabelanschluss ausführen, mit der Frage an, warum er alle diese Fehler, von denen er weiß, dass sie existieren, nicht schon längst hat beseitigen lassen. Er erklärt mir ein paar Zusammenhänge. Letztendlich geht es noch nicht einmal ums Geld. Letztendlich geht es um persönliche Eitelkeiten und Befindlichkeiten und wenn eine bestimmte Person etwas in einer bestimmten Form haben will, will eine andere Person genau dieses Detail anders haben. Nicht aus logischen oder sachlichen Gründen, sondern um der einen Person eins auszuwischen. Und ich dachte immer, nur Frauen zicken rum.

Um vier Uhr lasse ich mich von Manuel zu meinem Bungalow fahren, der wie immer sauber ist und einen frisch gefüllten Kühlschrank hat. Ich entledige mich meiner Kleidung, dusche ausgiebig und trockne mich ab, nachdem ich meine Lockenpracht entklettet habe. Dann stehe ich wieder vor meiner Kleidersammlung und überlege, was ich anziehen soll. Schlussendlich und nach vielem Hin und Her entscheide ich mich für ein weißes Leinenhemd zur Stone-Washed und meinen Springerstiefeln. Unter dem Leinenhemd trage ich wie immer einen weißen Sport-BH, meine Slips sind etwas unförmige Baumwollunterhosen.

Ich will mich gerade hinsetzen und noch etwas lesen, als es leise an der Tür klopft. Ich stehe auf und öffne die Tür. Dolores steht davor und lächelt mich an: „Hallo Clara, guten Abend."—„Hallo Dolores, guten Abend. Ist es etwa schon sechs Uhr?" – „Nein, aber ich bin gerade in der Gegend gewesen, da hoffte ich, dass ich Dich schon aufsammeln kann. Das spart eine Fahrt. Oder bin ich ungelegen?" Ich lache und sage: „Nein, überhaupt nicht. Ich bin gerade fertig geworden mit ankleiden." Dolores mustert mich wieder von oben bis unten und lächelt: „Du siehst gut aus in dieser Kleidung. Wollen wir?" – „Klar, ich muss mir nur eben meine Schuhe anziehen. Willst Du eben reinkommen?" – „Ja, gerne." Sie tritt ein und schließt die Tür. Während ich mich nach meinen Schuhen bücke, geht mir der Kontrast zwischen ihrer Kleidung und meiner durch den Kopf. Sie trägt heute ein leichtes weißes Leinenkleid, das ihre Sonnenbräune gut hervorhebt, dazu flache weiße Slipper ohne Socken oder Strümpfe. Ihr Gesicht ist dezent geschminkt, die Haare fallen ihr offen über die Schulter. In den Ohren baumeln ganz dünne große Ringe aus einem weißen Metall. Es würde mich bei der Frau nicht wundern, wenn es Platin wäre. Ihre Nägel sind verblüffend kurz, sehr gepflegt und nur mit einem Klarlack versehen. Das war mir beim Tangoabend schon aufgefallen. Dass sie keine Krallen hat, am schlimmsten blutrot lackiert. Alles an dieser Frau wirkt teuer, aber überhaupt nicht protzig. Ich schlüpfe in meine Springerstiefel und schnüre sie zu. Dolores sagt: „Hattest Du diese Stiefel etwa auch zum Tanzen getragen?" – „Ja, ich habe außer meinen Sicherheitsschuhen keine anderen Schuhe dabei." – „Wahnsinn, das muss doch Kraft kosten, diese schweren Teile rumzutragen." – „Finde ich gar nicht. Ich trage sie, weil sie alt und bequem sind und weil man im Flughafen auch mal damit rennen kann, wenn es eilig ist. Außerdem sind sie komplett aus Leder und die Füße stinken auch nach langen Flügen noch nicht." – „Du bist eine eigenartige Frau, aber sehr interessant." Da wäre ich jetzt gar nicht draufgekommen.

Wir verlassen den Bungalow. An der Straße steht ein schickes weißes Cabrio mit abgeklapptem Verdeck. Dolores entriegelt die Türen mit ihrer Fernbedienung und ich setze mich ins Auto. Sie geht um den Wagen herum und steigt ein. Während sie sich anschnallt und den Wagen startet, sagt sie: „Ich habe uns ein ganz leichtes Abendessen zubereitet. Es ist typisch argentinisch und ich habe von meiner Großmutter gelernt, es zu kochen. Ich bin gespannt, ob es Dir schmeckt." Sie lächelt mich kurz von der Seite an, dann nimmt sie eine Sonnenbrille aus der Mittelkonsole, setzt sie sich auf und fährt los. Wir brauchen etwa eine Dreiviertelstunde, bis wir angekommen sind. Dolores fährt nicht sonderlich schnell, macht aber nicht den Eindruck, als sei sie eine unsichere Fahrerin. Sie spricht wenig während der Fahrt, meistens weist sie mich auf etwas besonders sehenswertes hin, eine bestimmte Baumgruppe, ein Gebäude, ein paar Tiere. Wir landen vor einem großen, weiß gestrichenen Haus mit einem Eingang mit Säulen davor, mehreren Stockwerken und einer Menge Nebengebäude. Vor dem Haus gibt es eine große, mit weißem Schotter belegte Fläche, um die sich die Gebäude lagern. Zwischen den Gebäuden stehen riesige Laubbäume. Ich bin nicht sehr gut in Botanik und weiß daher nicht, welche Sorten es sind, aber sie haben mächtige Kronen und beschatten das Gelände auf angenehme Weise. Dolores lässt den Wagen vor dem Eingang stehen, stellt den Motor ab und steigt aus. Ich steige ebenfalls aus und sie verriegelt die Türen mit ihrer Fernbedienung. Dann geht sie mir voran die Eingangstreppe hoch und öffnet die schwere alte Holztür. Wir gelangen in eine Eingangshalle, von der die Treppe ins nächste obere Geschoss führt und links und rechts Flure abzweigen, neben einigen Türen, hinter denen wohl irgendwelche Kammern liegen mögen. Sie wendet sich nach rechts in den Flur, den sie ein Stück hinabgeht und dann durch eine Tür nach links eintritt. Wir gelangen in einen sehr hellen Raum mit vielen großen Fenstern an der gegenüberliegenden Wand, einem ganz hellen Holzfußboden, der spiegelblank geschliffen ist, und weißen Wänden und Decke. Die Decke ist mit Stuck verziert. In der Mitte des Raumes steht ein großer Tisch, um den sich Stühle gruppieren. Auf dem Tisch sind zwei Gedecke aufgelegt, zusammen mit einem silbernen Kerzenhalter, der mit weißen Kerzen bestückt ist. An einer Seite geht eine offen stehende Tür ab, durch die Dolores jetzt verschwindet. Ich folge ihr und wir landen in einer Küche, die wie eine Hotelküche fast komplett in Edelstahl ausgestattet ist und auch die Dimensionen einer mittleren Hotelküche hat. „Welchen Wein willst Du trinken? Weiß? Rot?" – „Kann ich zum Einstieg etwas Mineralwasser haben? Dann gerne Weißwein, wenn er nicht zu süß ist." – „Klar, das mit dem Wasser ist selbstverständlich. Beim Wein denke ich, nehmen wir diesen." Sie hat eine Kühlschranktür geöffnet und entnimmt ihr eine Wasserflasche und eine Weinflasche, drückt mir beides in die Hand und wendet sich dem nächsten Kühlschrank zu. Dort entnimmt sie ein paar vorbereitete Platten mit

Fleisch, Wurst, Käse, Gemüse, gefüllten Eiern und Salaten. Die Platten sehen sehr professionell zubereitet aus. Dann entnimmt sie dem Schrank noch einen Topf, den sie auf den Herd stellt. Anschließend schaltet sie den Herd an, nimmt ein paar der Platten und bringt sie ins Esszimmer. Sie sagt: „Clara, ach sei so lieb und öffne schon mal den Wein. Der Korkenzieher liegt dort auf der Anrichte." Ich entsiegle die Weinflasche, drehe den Korkenzieher rein und lasse den Korken vorsichtig ploppen. Ich schnuppere an dem Korken und an der Flasche, worauf Dolores fragt: „Stimmt etwas nicht?" − „Doch, doch, alles in Ordnung, soweit ich das beurteilen kann. Soll ich schon mal eingießen?" − „Ja, gerne." Während ich Wasser und Wein in die beiden bereit stehenden Gläser fülle, drapiert sie die Platten, fügt noch einen Korb mit Brotscheiben hinzu und betrachtet den Tisch dann kritisch. „Ja, wir können dann schon mal anfangen mit der Vorspeise, während der Eintopf warm wird. Setz Dich doch bitte." Ich nehme Platz und versuche, mich zu entspannen. In meinem sozialen Umfeld treibt man normalerweise nicht so viel Aufwand für die Zubereitung von Essen und ich bin erstaunt, nicht nur über die aufwändige Vorbereitung, sondern auch über die Mengen, die da für uns beide auf dem Tisch stehen. Und es gibt ja noch weitere Gänge, mindestens einen, nämlich den Eintopf. Dolores hebt ihr Glas und führt es in meine Richtung: „Vielen Dank, dass Du es so schnell einrichten konntest, mir ein bisschen Gesellschaft zu leisten. Ich freue mich sehr über Dein Kommen." Ich hebe ebenfalls mein Glas und erwidere: „Vielen Dank für die Einladung, die mich freudig überrascht hat. Normalerweise schließe ich wenig Bekanntschaften auf meinen Reisen. Aber hier scheint alles anders zu sein." − „Du musst mir unbedingt von Deinen Reisen erzählen. Ich stelle mir das alles sehr spannend und abenteuerlich vor, vor allem als Frau, als Ingenieurin." Wir trinken einen Schluck und sehen uns in die Augen. Dolores hat braune Augen mit einem ganz schmalen grünen Ring an der Pupille sowie winzigen goldenen Sprenkeln in der Iris. Während wir uns ansehen, sehe ich die Pupille einmal kurz sich zusammenziehen und wieder weiten, gerade als hätten mir die Augen zugezwinkert. „Aber, Clara, meine Liebe, greif doch zu, lass es Dir schmecken." – „Ja, gerne, das sieht alles sehr lecker aus." Ich greife zu und erst einmal herrscht Schweigen. Ich kann gut essen und ich habe Hunger von dem Tag auf der Anlage. Dolores steht zwischendrin mal auf, um nach dem Eintopf zu sehen, ansonsten fragt sie mich zu meinem Beruf und meinen Reisen aus. Nachdem der ärgste Hunger gestillt ist, fange ich an, mich wohl zu fühlen. Außerdem trinke ich etwas mehr Wein als ich eigentlich vorhatte, weil der Wein irgendwie schmeckt. Ich meine, ich habe keine Ahnung von Rebsorten und Weinkellerei und wie man das richtige Glas für den richtigen Wein auswählt, welche Temperatur dafür die richtige ist und so weiter. Aber ich weiß, wenn etwas meine Zunge berührt, ob ich es leiden mag oder nicht, und dieser Wein schmeckt mir. Während ich also von meinem Beruf erzähle – wir reden zwischendrin auch kurz über Dolores' Leben, das wohl in erster Linie darin besteht, ein großes Vermögen zu verwalten und vermehren, das sie von ihren Eltern geerbt hat – bestimmt die Betrachtung meiner Abenteuer doch den überwiegenden Teil unseres Gesprächs. Der Eintopf kommt auf den Tisch, und obwohl ich mich bereits nicht mehr hungrig fühle, esse ich doch zwei Schüsseln voll. Wissen Sie, man kann Speisen kochen und würzen, aber von jeder Geschmacksnuance genau die richtige Menge zu verwenden, das ist dann Kunst, und Dolores scheint in dieser Hinsicht von ihrer Großmutter eine Menge gelernt zu haben. Sie hat das Abendessen wohl wirklich selber zubereitet und ich fange an, sie mit anderen Augen zu sehen. Wir sind beim Nachtisch angelangt und sie langweilt sich immer noch nicht, fragt mich immer noch aus und ich erzähle, mittlerweile vom Wein beflügelt. Wenn es um meinen Beruf geht, dann habe ich ja auch jede Menge Selbstvertrauen, und nach dreißig Wanderjahren auf der ganzen Welt genug Abenteuer erlebt. Der Nachtisch besteht aus einem Sorbet und vielen Früchten, die alleine schon ein Abendessen wert gewesen wären. Irgendwann sage ich: „Dolores, ich kann nicht mehr. Das ist das herrlichste Essen, das ich in meinem ganzen Leben zu mir genommen habe, aber ich kann wirklich nicht mehr." Sie lächelt mich an und sagt: „Danke, der Koch freut sich immer über ein Kompliment und das schönste Kompliment ist, wenn der Koch sieht, wie es den Gästen schmeckt." Nach kurzem Überlegen fügt sie hinzu: „Ich muss Dir jetzt eine ganz komische Frage stellen, die mich beschäftigt, seit ich Dich bei dem Tangoabend durch die Tür treten sah. Wie machst Du das mit Deinem Haar?" – „Wie? Machen?" – „Das sind doch Naturlocken, die Du hast? Wie pflegst Du Dein Haar?" – „Ich wasche es und ich versuche es zu kämmen, was gar nicht einfach ist. Und ab und zu, wenn ich die Nase wieder voll habe, dann schneide ich es ab, und es wuchert noch mehr." – „Du klingst nicht sehr glücklich über Dein Haar." – „Glücklich? Ich habe meine Haare immer gehasst und mich halt mittlerweile dran gewöhnt. Aber glücklich?" – „Darf ich Dein Haar mal anfassen?" – „Ja, klar." Sie ist hinter mich getreten und legt ihre Hand vorsichtig auf meinen brennenden Feuerbusch. Sie streicht ganz zart drüber und sagt: „Das fühlt sich so gut an. Darf ich?" Ohne eine Antwort abzuwarten, greift sie mit beiden Händen in meine Haare, jedoch ohne an ihnen zu ziehen. Sie zerwuschelt sie, soweit das überhaupt möglich ist, und fängt dann an, mit den Fingern vorsichtig zu kämmen, wobei sie schnell merkt, dass das fast nicht möglich ist. Plötzlich beugt sie sich nach vorne und küsst mich auf die Stirn. Ich halte ganz still. Der Wein braust durch meinen Kopf und ich fühle mich gemocht. Dolores dreht meinen Kopf vorsichtig zur Seite und küsst mich wieder, dieses Mal auf den Mund. Ihr Kuss ist ganz zart, wie ein Flaum, der an meinen Lippen vorbeihuscht. Sie schaut mich an und küsst mich wieder, ihre Zunge berührt leicht meine Lippen und unwillkürlich öffnet sich mein Mund. Ihre Zunge dringt ein und erforscht mich. Sie schmeckt nach den eben gegessenen Früchten und nach Wein und dann ist da noch ein Geschmack. Ich mag diesen Geschmack und merke, wie mein Körper auf diesen Kuss reagiert. Ich schicke meine Zunge ebenfalls auf Reisen und einen kurzen Moment gibt es ein Gerangel, ehe wir uns gegenseitig erforschen können. Sie hat mich an den Schultern umfangen, ich habe meinen Kopf weit zurückgebeugt und wir ziehen diesen Kuss in die Länge. Er ist zu köstlich. Ich hätte nicht gedacht, nach so einem Abendessen noch etwas besseres bekommen zu können, aber Dolores' Mund stellt ihre Kochkünste weit in den Schatten. Mein Körper reagiert mit voller Wucht auf ihren Angriff und ich stehe in Flammen. Das Ziehen in meiner Brust ist fast unerträglich und schreit nach Erlösung, meine Scheide pocht und strahlt Wellen von Hitze in meinen Bauch, der eben noch voll war des guten Essens.

Dolores lässt ab von mir und schwer atmend sehen wir uns in die Augen. Ihre Hände liegen auf meinen Schultern, ihre Brust ist dicht vor meinem Gesicht. Ich ergreife die Initiative und fasse sie links und rechts unter den Achseln, ziehe sie vorsichtig zu mir heran, mich dabei gleichzeitig vom Tisch wegdrehend. Der Halsausschnitt ihres Kleides lässt ihren Busen gerade erahnen. Dorthin, wo das Kleid sich öffnet und das erste Stückchen Haut ist, pflanze ich nun meinen Mund, lasse meine Lippen liegen und lecke ihre Haut. Sie schmeckt leicht salzig, wahrscheinlich vom Schweiß. Sie umfängt meinen Kopf und drückt ihn gegen ihre Brust, schiebt mich dabei tief in ihr Kleid und ich ruhe mich in dem Tal zwischen ihren Brüsten aus, ehe ich sie erneut küsse. Sie trägt keinen BH und ich konzentriere mich nun darauf, eine ihrer Brüste zu küssen, hebe dafür die Brust von unten aus ihrem Kleid. Ihre Brustwarze ist steinhart, der Hof weit zusammengezogen. Ich nehme die Brustwarze in den Mund und sauge kräftig. Dolores stöhnt. Ich bin froh, dass ich auf dem Stuhl sitze, ich bin mittlerweile so erregt, dass ich wahrscheinlich in den Knien eingeknickt wäre. Ich ziehe sie auf meinen Schoß und sauge weiter. Dolores fängt an, mein Hemd vorne aufzuknöpfen. Wir behindern uns gegenseitig. Ich nehme meinen Mund von ihrer Brust und sage mit rauer Stimme: „Warte, so geht das nicht. Können wir irgendwo hin umziehen?" Sie steht auf und ich merke, dass sie auch sehr erregt ist, weil sie einen Moment braucht, sich zu fangen. Dann nimmt sie wortlos meine Hand und führt mich durch das Haus in ein Schlafzimmer mit Bett. Unterwegs bleiben wir immer wieder stehen und küssen uns, umarmen uns, streicheln uns. Im Schlafzimmer angekommen, entledige ich mich meines Hemdes, meiner Schuhe und meiner

Hose. Dolores hat da mit ihrem Kleid weniger Arbeit, während ich noch die Senkel meiner Schuhe öffne, steht sie bereits im Slip. Sie beugt sich über mich, berührt mich, streichelt mich. Wir zerren gemeinsam an meiner Hose. Meinen BH muss ich ebenfalls selber ausziehen, dann stehe ich ebenfalls nur noch im Slip da. Für einen Moment fühle ich mich befangen, versuche nicht, an meine riesigen Nippel zu denken, die steil nach vorne ragen und nicht an meinen praktischen, aber völlig unschicken Slip. Dolores starrt mich bewundernd an: „Du siehst wunderbar aus. Darf ich Dich berühren?" Sie kommt auf mich zu und streicht mit den Fingerspitzen über meine Brustwarzen. Ich habe mal vor Jahren aus Versehen 220 V angefasst. Ihre Berührung meiner Brust fühlt sich fast genauso intensiv an, wobei ich die Berührung nicht als schmerzhaft empfinde, sondern als einen Lustblitz, der bis in meine Scheide reicht. Ich fürchte, dass sich die Feuchtigkeit schon durch den Slip drückt. Dolores beugt sich vor und nimmt einen Nippel in den Mund, beginnt zu saugen. Ich knicke in den Knien ein und setze mich auf das Bett. Sie drückt mich in eine liegende Position, umfängt mich und saugt, saugt, saugt. Meine Ohren dröhnen und ich bin kurz davor, das Bewusstsein zu verlieren. Sie legt ihre Hand an den Rand meines Slips und schiebt sie langsam drunter. Ich spüre, wie ihre Finger über meinen Unterbauch tasten, durch den Dornenbusch meines Schamhaars krabbeln und dann an meiner Scheide landen. Als sie ihren Finger das erste Mal in meine Nässe taucht, entringt sich uns ein simultanes Stöhnen und sie setzt sich auf meinen Schenkel, beginnt ihre Scham zu reiben. Ich fühle mich einerseits wie im siebten Sexhimmel, andererseits bin ich es nicht gewohnt, so passiv verwöhnt zu werden. Dolores, ganz Tanzlehrerin, scheint meine Unsicherheit zu bemerken. Sie nimmt ihren Mund kurz von meiner Brust und sagt heiser: „Entspann Dich und genieße, Liebes." Dann fährt sie fort und bei mir gehen die Lichter aus, als die erste Welle des Höhepunktes über mich hinwegschwappt. Der Tsunami will gar nicht mehr stoppen, die Ströme aus Brust und Unterleib richten ein bengalisches Feuer in meinem Leib an, als wollten sie ihn komplett veraschen. Mir entgeht beinahe, dass auch Dolores einen Orgasmus hat, spüre ihre Nachwellen, als ich schon am Landeanflug bin. Anschließend kuschelt sie sich neben mir auf das Bett, legt sich in meine Achselhöhle und den Kopf auf meine Brust, leise vor sich hin summend. Ihre Finger zeichnen träge Kreise um meine Brust, die nun ganz entspannt ist. Ich umfange sie und fahre die Konturen ihres schlanken Leibes mit meinen Fingerspitzen nach. Lange Zeit ist Stille, dann richtet sich Dolores etwas auf und fragt mich mit leiser Stimme: „Willst Du etwas trinken?" – „Nein, ja, ja." Wir lachen beide. Sie löst sich von mir und steht auf, geht aus dem Zimmer und kommt kurz darauf mit einer Sektflasche und zwei Flöten wieder. Sie stellt die Gläser aufs Bett und löst den Korken vorsichtig aus der Flasche, füllt die beiden Gläser, stellt die Flasche auf den Boden und tippt mit einem Glas an das andere, das ich nehme. Schweigend trinken wir. Ich stelle das leere Glas neben die Flasche und gehe zu Dolores, umfange sie und küsse sie auf den Mund. Ich habe plötzlich totale Lust, sie zu massieren, ihren Körper zu erforschen: „Dolores, darf ich Dich massieren?" Sie blickt mich überrascht an. „Ich möchte Dich anfassen, Dich berühren." Lächelnd zieht sie ihren Slip aus, dann nimmt sie aus dem Nachtschrank ein Fläschchen und sagt: „Hier ist etwas Öl." Sie legt sich aufs Bett und ich folge ihr, knie mich neben sie, nehme mir etwas Öl auf die Hände und fange an, sie einzureiben. Sehr viel Zeit nehme ich mir für ihre Brüste, die etwas weicher sind als meine, aber sich herrlich anfassen. Mir läuft das Wasser im Mund zusammen, während ich sie knete. Ihre Höfe sind pastellfarben und weit, sie ziehen sich nun etwas zusammen und die Nippel richten sich auf. Ich halte inne in der Massage und sage: „Als wir getanzt hatten, hattest Du keinen BH und ich habe Deine Brustwarzen nicht gesehen." Sie lächelt und sagt: „ich klebe mir Pflaster auf die Brustwarzen. Das schützt sie vor dem Scheuern und vermeidet allzu heftige optische Merkmale." Ich brumme zustimmend, beuge mich hinab und nehme ihre erigierte Warze in den Mund, sauge daran. Dann fahre ich fort, lasse meine Fäuste über ihren Bauch rollen, der die Zeichen von Schwangerschaften trägt, aber nichtsdestotrotz straff ist. Ihr Schamhaar ist ganz weich und kurz gestutzt. Als ich mit meiner Massage an ihrem Venushügel angekommen bin, zupft Dolores an meinem Slip. Ich halte kurz inne, steige vom Bett und entledige mich des Teils. Dann klettere ich wieder aufs Bett. Dolores zieht mich so über ihren Kopf, dass meine Scham vor ihrem Mund zu liegen kommt. Während ich ihre Oberschenkel massiere und dabei immer länger an ihren Schamlippen verweile, fingert sie meine Scheide, berührt kurz meine Klitoris und lässt den Finger dann langsam reingleiten. Ich muss an mich halten, nicht auf ihr zusammenzubrechen. Ich beuge mich tief hinab und fange an, an ihrer Scham mit der Zunge zu spielen. Sie öffnet ihre Beine und ich dringe das erste Mal ein. Sie schmeckt so gut und ihr Finger in meiner Scheide stellt wundersame Dinge mit mir an. Meine Nippel ragen schon wieder weit vor und ich streife mit meinen Brüsten über ihren Bauch, dabei mit meiner Zunge ihre Klitoris suchend und den gesamten Schlitz ausleckend. Sie keucht, umfasst meine Pobacken und zieht mich auf ihr Gesicht, fängt an, meine Möse zu trinken. Es dauert nicht lang und wir kommen gemeinsam zum Höhepunkt, liegen hilflos aufeinander, bis der Sturm vorüber ist. Ich habe anschließend gerade noch die Kraft, mich umzudrehen und mich neben sie zu legen. Ich ziehe sie auf mich und umarme sie. Zwischen uns bildet sich ein Wärmenest, das sich langsam über den ganzen Körper ausbreitet und mich schläfrig macht. Auch Dolores scheint erschöpft. Sie streicht mir mit der Hand leicht über das Gesicht, gibt mir einen Kuss gerade an der Stelle, an der ihr Mund liegt, und lächelt mich an. Wir liegen lange Zeit schweigend da, die Nähe der jeweils anderen genießend. Endlich bewegt sich Dolores, richtet sich auf und blickt mir in die Augen: „Weißt Du eigentlich, wie schön Du bist?" Damit habe ich nun gar nicht gerechnet. Ich, die ich meinen Körper fast immer gehasst habe, weil er nicht aussieht wie die anderen Frauen. Sie streicht mit ihren Fingern über meinen Bauch, landet bei meiner linken Brust und umkreist langsam den Hof. Der Finger prickelt und die Warze richtet sich etwas auf. Ich unterbreche den Blickkontakt und erhebe mich. „Dolores, ich bin nicht schön. Frauen wie Du sind schön." – „Du bist wunderschön." Sie lässt sich nicht aus der Ruhe bringen und ich spüre in meinem Körper vertraute sexuelle Erregung, die natürlich ausgeht von ihren Berührungen. Einerseits verspüre ich Lust, auf ihr Spiel einzugehen, andererseits hat sie mir gerade eben einen Brocken vorgesetzt, den ich noch nicht verdauen kann. Ich nehme ihre verführerische Hand vorsichtig beim Handgelenk und lege ihre Hand auf ihren Schoß. Ich rutsche vom Bett und sage: „Sei mir bitte nicht böse, dass ich diesen wunderschönen Abend auf diese Weise beende, aber ich will jetzt nach Hause. Bringst Du mich bitte zu meinem Bungalow?" Dolores steht ebenfalls auf und wir ziehen uns schweigend an. Dann gehen wir aus der Tür, die Flure entlang, die Treppe hinab und treten aus dem Haus. Ein sternklarer Himmel wölbt sich über uns und ich verfluche mich, dass ich diesen Abend zerstören musste. Wir stehen beide auf der Eingangstreppe und betrachten den Sternenhimmel. Endlich legt mir Dolores die Hand auf den Arm und sagt leise: „Es tut mir Leid, dass ich diesen wunderschönen Abend zerstört habe. Sehen wir uns wieder?" Das ist zu viel. Ich fange an zu heulen. Wissen Sie, wann ich das letzte Mal richtig geheult hatte? Als ich während meines Studiums für eine Seminararbeit, die ich für perfekt gehalten hatte, nur ein „Befriedigend" erhielt, weil der Professor meine Argumentationskette nicht verstanden hatte. Später erfuhr ich, dass alles korrekt war, da war aber die Einspruchsfrist schon abgelaufen.

Dolores nimmt mich in den Arm, aber ich bin untröstlich. Alle Werte meines Lebens scheinen plötzlich in Frage gestellt. „Willst Du wirklich, dass ich Dich zu Deinem Bungalow bringe? Du kannst bei mir hier gerne übernachten, von mir aus in einem Gästezimmer, wenn ich Dir zuwider bin. Ich bin der Meinung, Du solltest nun nicht alleine sein." Ich war bisher immer alleine, ich brauche keinen Trost. Ich nicke, schüttle den Kopf, nicke wieder. „Ich möchte jetzt alleine sein, bitte. Bring mich nach Hause oder ruf mir ein Taxi." Dolores bringt mich zum Auto, öffnet die Beifahrertür und hilft mir einsteigen. Dann steigt sie auf der Fahrerseite ein und startet den Wagen. Sie schließt das Verdeck und langsam fahren wir los. Ich habe mich mittlerweile wieder unter Kontrolle, abgesehen von einzelnen Schluchzern. Mit zusammengebissenen Zähnen starre ich durch die Windschutzscheibe, als gäbe es dort weiß Gott was zu sehen. Als wir angekommen sind, steigt Dolores aus und hilft mir aus dem Wagen, führt mich noch zur Tür des Bungalow, die ich aufschließe. Ehe ich eintrete, drehe ich mich ihr noch einmal zu und umarme sie, schön schwesterlich und keusch. Dazu sage ich: „Vielen Dank für diesen wunderschönen Abend. Es tut mir Leid, dass ich ihn verdorben habe." – „Das macht nichts, es muss Dir nicht Leid tun. Sehen wir uns wieder?" – „Vielleicht. Ich bin hier, um zu arbeiten, und wenn ich fertig bin, dann muss ich nach Hause und den nächsten Einsatz vorbereiten." – „Ich würde mich freuen, wenn wir uns wiedersehen könnten. Ich melde mich. Gute Nacht, Liebes." – „Gute Nacht."

Ich dusche mich, wasche alle Gerüche von mir ab und gehe dann ins Bett. Ich schlafe sofort ein und durch, wahrscheinlich hat mich der Abend so ausgebrannt und erschöpft, dass keine Zeit mehr bleibt für Grübeleien. Am nächsten Morgen holt mich Manuel ab und ich bin schon fast wieder normal. Ich muss an diesem Tag unbedingt mit Joshua das Problem mit den verklebten Wellenwänden der Hochspannungseinheiten diskutieren. Außerdem sind noch zwei Systeme in Betrieb zu nehmen und dann die Optimierung für die Fertigung durchzuführen. Ich versenke mich in den Gleichklang der Arbeitstage, unterbrochen von den Mittagspausen, die ich in gemächlicher Ruhe mit Francesco verbringe, und den leeren Abenden alleine im Bungalow, die ich überwiegend mit Lesen verbringe. Da ich meine Arbeit nicht als etwas belastendes empfinde, gelange ich nach einigen Tagen wieder zu einem für mich völlig normalen Zustand heiterer Gelassenheit und bisweilen arroganter Attitüden, wenn mein Umfeld mir nicht folgen will in meine technischen Gedankenstrukturen und Analysen.

Ich bin in der letzten Woche angekommen und für den Donnerstag ist der Rückflug gebucht. Am Mittwoch während des Mittagessens fragt mich Francesco etwas überraschend, ob ich mit ihm am Abend noch einmal zum Tangotanzen gehen würde. Ich überlege eine ganze Weile, ehe ich zusage. Wahrscheinlich ist es besser, wenn ich Dolores noch einmal gegenübertrete und mich meiner auf diese Weise vergewissere, was immer dabei herauskommen mag. Wir vereinbaren, dass er mich wieder um sechs Uhr am Bungalow aufliest und wir dann gemeinsam zum Tangoclub fahren. Ich habe an dem Nachmittag nicht mehr wirklich etwas zu erledigen, verabschiede mich von den Leuten, mit denen ich nun fast vier Wochen zusammen gearbeitet hatte. Joshua lacht mich strahlend an, als ich ihm zum Abschied die Hand reiche, und meint, dass er gehofft hätte, dass ich bleibe. Immerhin hätte ich so eine schöne Beziehung zu Francesco entwickelt, dass man schon Wetten abgeschlossen hätte, wie lange ich hier in Argentinien bleibe. In diesem Moment wird mir klar, dass für Francesco unsere gemeinsamen Mittagessen einen ganz anderen Stellenwert haben könnten als für mich. Und ich frage mich, ob ich den Abend absagen soll. Wobei die Initiative nicht unbedingt von mir ausgegangen war.

Ich ziehe das selbe Outfit wieder an wie beim ersten Mal, meine grüne Bluse mit den Stickereien zur Stone-Washed und meine Springerstiefel, nicht dass sich meine Auswahl besonders geändert hätte seit dem letzten Tanzabend. Francesco ist gewohnt pünktlich und wir fahren in geselligem Schweigen zum Tanzclub. Einen Moment geht mir durch den Kopf, dass eine Beziehung zu einem Mann, der einen schweigen lässt, doch etwas heimeliges hat. Ich fühle mich sehr wohl bei ihm, zumindest soweit ich es bisher kennen lernte. Die Situation bei unserer Ankunft am Clubhaus ist eine ähnliche, lediglich die Gesichter der Männer, die vor der Scheune stehen und rauchen, mögen andere sein als beim ersten Mal. Francesco führt mich wieder zur Tür und lässt mich eintreten. In dem Moment, in dem wir durch die Tür treten, fällt mir etwas ein, das ich vergessen oder verdrängt hatte. Dolores hatte gesagt, sie meldet sich, und sie hat sich nicht gemeldet. Dieser Gedanke gibt mir Freiheit und Selbstvertrauen und alles, was mich noch belastete, fällt erst einmal ab. Der Abend verläuft ähnlich wie der erste Tanzabend. Ich bin der Paradiesvogel und komme nicht zur Ruhe. Gegen Ende des Abends taucht Dolores auf und bittet mich um einen Tanz. Die Regel ist, dass es ungehörig ist, einen Tanz zu verweigern, darum stehe ich auf und lasse mich auf die Tanzfläche führen. Ich bin mittlerweile selbstsicherer geworden, zumindest was den Tangoschritt anbelangt, und wir tanzen schweigend. Es ist ein Vergnügen, ihren leichten Körper im Arm zu halten und ich genieße ihre tänzerische Perfektion, denke irgendwann, dass ich ewig so weitertanzen könnte. Als die Musik endet, öffnen wir unsere Stellung und klatschen Beifall. Dolores nimmt dann meine Hand und geleitet mich nach draußen. Es ist wieder eine schöne, sternenklare Nacht und wir gehen eine Weile, bis die Beleuchtung des Tangoclubs etwas verblasst. Dann bleiben wir stehen und blicken lange Zeit in den Himmel, uns an den Händen haltend. Dolores lehnt sich nach einer Weile leicht an meinen Arm, ich lasse sie gewähren und in diesem Moment empfinde ich so etwas wie Liebe für diese Frau. Nicht, dass ich in irgend einer Form kompetent wäre, wenn es um Liebe oder ähnliche Gefühle geht, aber so muss sich Liebe anfühlen, wenn alles in Dir zum Schweigen kommt und Du einfach nur unendlichen Frieden empfindest, der von der Person ausstrahlt, die gerade an Deinem Arm lehnt. Ich wage nicht, das fragile Gespinst zwischen uns beiden zu zerstören, darum unterdrücke ich den Impuls, meinen Arm um sie zu legen und sie fest an mich zu ziehen. Irgendwann spüre ich ein leises Zittern Dolores' und will sie gerade fragen, ob ihr kalt ist, als ich merke, dass sie weint. „Was …?" – „Es ist gut. Ich fühle mich gerade so durchdrungen von Glück und Liebe, ich kann nur weinen. Clara, ich wünsche Dir alles Gute im Leben und wenn Du mal ein Heim brauchst, steht Dir meine Tür offen." Diese Frau überrascht mich immer wieder. „Dolores, ich liebe Dich und vielleicht komme ich wieder mal nach Argentinien." Nach diesen Worten sprechen wir nicht mehr. Wir blicken noch lange in den Himmel und wenden uns irgendwann gleichzeitig, um zum Clubhaus zurückzukehren. Dolores, und dafür bewundere ich sie besonders, unternimmt nichts, um ihre Tränen zu verbergen, die ihr immer noch über das Gesicht laufen, als wir uns den anderen am Clubhaus nähern. Allerdings bringt sie mich nur noch zur Tür und geht dann. Kurz darauf sehe ich ihr weißes Cabriolet vom Parkplatz fahren. Ich habe nicht einmal ihre Telefonnummer oder ihren vollen Namen oder ihre Adresse, fällt mir ein und ich will hinterherlaufen, aber es ist zu spät.

Am nächsten Morgen taucht Manuel wie immer pünktlich auf und wir verladen meinen Koffer und die Werkzeugbox, wobei er es mir überlässt, diese in den Kofferraum zu wuchten. Dann nehmen wir uns noch etwas zu essen und zu trinken aus dem Kühlschrank und machen uns auf den Weg. Mit Francesco verbindet mich heute noch eine Brieffreundschaft und ich kann mich an seine Briefe anlehnen und bisweilen etwas Ruhe finden, ähnlich der Gespräche während des Mittagessens. Er ist übrigens Witwer, seine Frau starb vor Jahren an Krebs.

Während des Heimflugs finde ich zufällig in den Online-News der Fluggesellschaft eine Notiz über den Selbstmord bei einer Stewardess. Wieder einige Wochen später finde ich in meinem Briefkasten einen Brief. Der Brief trägt eine ganze Reihe exotischer Briefmarken und er war wohl den Weg aller Schneckenpost über den Seeweg aus Südamerika zu mir gekommen. Dabei hatten diverse Streiks in Häfen und sonstwo zu zusätzlichen Verzögerungen geführt, nicht dass es etwas geändert hätte, wenn ich ihn früher erhalten hätte. Ich bin ja auch nur selten in meiner Wohnung, sondern meistens irgendwo auf der Welt im Hinterland, um anderen Menschen zu helfen, ihre Anlagen in den Griff zu bekommen. Den Inhalt des Briefes will ich Ihnen nicht vorenthalten, zumal Astrid nicht mehr am Leben ist.

Liebe Clara,

ich wollte mich auf diesem Weg noch einmal bedanken für unser kurzes Zusammensein auf dem Flug nach Südamerika. Du hast mir binnen Augenblicken die zwei extremsten Momente meines Lebens geschenkt. Du bist ein Mensch mit einer derart starken Ausstrahlung, das ist fast wie ein umgekehrtes Schwarzes Loch, wenn ich die Schwarzen Löcher jemals richtig verstanden habe. Und Du hast Dich mir zugewandt und mich zugleich zum herrlichsten Höhepunkt geführt, den ich mir nur vorstellen konnte. Gleichzeitig wurde mir klar, dass ich so furchtbar klein und unwert bin neben Dir und egal, was ich mache, ich niemals näher als bis drei Universen Distanz zu Dir kommen kann. Ehe ich diesen herrlichen Moment mit Dir vergessen habe, werde ich mein Leben beenden. Ich würde Dir gerne Glück und Erfolg wünschen, aber was kann man einem Menschen wünschen, der alles hat?

In innigster Verbundenheit

Deine Astrid

Ich habe nach dem Lesen dieses Briefes eine Zigarette geraucht, dabei ist es aber dann auch geblieben. Das Rauchen ist die Sache wirklich nicht wert.

***

Band 2

Frontwoman – Mit dem Werkzeugkoffer in China